셜록 홈즈

네 개의 서명

| **일러두기** |

1. 작품 주인공의 이름인 '셜록 홈즈'는 외래어 표기법상 '셜록 홈스'로 쓰는 것이 올바르나 보다 널리
   알려진 셜록 홈즈로 사용했습니다.
2. 대화체 " "(큰따옴표) 안에 전개되는 문장들은 문단 구분 없이 쓰이는 것이 원칙이나 작품 특성상
   사건 과정을 설명하는 부분에서는 이해가 쉽도록 문단을 나누었습니다.

셜록 홈즈

네 개의 서명

아서 코난 도일 지음 | 길문섭 그림

더클래식

셜록 홈즈의 이야기가 책뿐 아니라 영화, 만화, 드라마 등 여러 장르로 쏟아지며 많은 사람들에게 오랫동안 사랑받아 온 이유는 무엇일까요? 바로 그가 펼치는 명쾌하면서도 놀라운 추리와 입을 떡 벌어지게 하는 관찰력이 그 이유랍니다.

'추리력'과 '관찰력'은 꼭 범죄를 풀어내고 사건을 해결하는 데에만 필요한 것이 아니랍니다. 이 두 가지는 지식을 탐구하고 호기심을 해결하기 위해서 반드시 필요한 것이에요.

우리가 살다 보면 '이것은 무엇일까?', '왜 이렇게 되었을까' 하는 궁금증을 갖게 됩니다. '왜?'라는 질문은 바로 우리 인간이 가진 호기심에서 출발하지요. 인간은 누구나 이 호기심에 대한 답을 찾고 싶어 합니다.

'해는 왜 뜨고 질까?'

'밤하늘에 빛나는 별은 대체 무엇일까?'

'사과는 왜 떨어지는 걸까?'

'이 질병은 왜 생겼고, 어떻게 하면 고칠 수 있을까?'

우리가 공부하고 배우는 과학, 의학, 인류학, 역사 등등의 여러 지식은 호기심에서 시작했답니다. 그동안 인간이 쌓아 온 학문 탐구와 발전은 호기심을 채우는 과정 속에서 눈부시게 성장했다고 해도 과언이 아니지요. 지금도 많은 학자들이 아직 밝혀지지 않은 분야의 궁금증을 해결하기 위해 여러 연구를 하고, 이론을 세우고, 그것을 증명하고 있답니다.

호기심은 누구에게나 있습니다. 그러나 이를 명확히 파헤치고 밝히기 위해서는 추리력과 관찰력이 꼭 필요합니다. 우리의 명탐정 홈즈를 통해 한번 살펴볼까요?

홈즈는 이 사건이 왜 일어났는지 알기 위해 매순간 아무리 사소한 것이라도 놓치지 않고 관찰을 하는 것이 습관이지요. 그래서 사람의 몸에 밴 습관, 발자국, 옷깃 하나에서도 중요한 단서를 찾곤 합니다.

또 홈즈에게는 자신이 일하는 분야에 필요한 지식이 무궁무진하게 쌓여 있지요. 냄새만으로도 독살을 당한 것을 알 수 있고, 작은 단서에도 범인의 신체 특징을 알 수 있을 만큼 과학, 의학, 식물학, 범죄학 등등 사건 해결을 위한 지식은 전문가 못지않습니다. 이런 지식은 그가 한 관찰을 증명하고 범죄를 풀이하는 데 큰 역할을 하지요. 그는 이런 지식을 쌓고 증명하기 위해 많은 실험들을 하곤 한답니다.

마지막으로 추리에 꼭 필요한 논리입니다. 논리 없이 어떤 일이 일어났다고 짐작하는 것은 추리가 아니라 상상에 불과합니다. 홈즈의 추리에 무릎을 탁 치며 감탄을 하게 되는 것은 바로 논리가 바탕이 되기 때문이지요. 그가 한 여러 관찰들은 논리를 통해 듣는 사람들에게 가만가만 고개를 끄덕이게 만들지요.

뛰어난 관찰력, 풍족한 지식, 그리고 논리가 있으면 누구나 홈즈처럼 명탐정이 될 수 있답니다. 또 이것이 범죄 해결이 아닌 다른 분야로 향한다면 그 분야의 전문가가 될 수 있지요. 관찰력과 추리력이 왜 필요한지 여러분도 잘 알게 되었나요?

'어린이를 위한 추리 명작 셜록 홈즈 시리즈'를 통해 여러분도 명탐정이 되어 보세요. 매순간 궁금증을 가지고 잘 관찰하고, 홈즈처럼 논리를 바탕으로 자신만의 멋진 추리를 펼쳐 보세요. 여러분의 관찰력과 추리력을 키우는 데 좋은 친구가 되어 줄 것입니다.

목차

SHERLOCK HOLMES

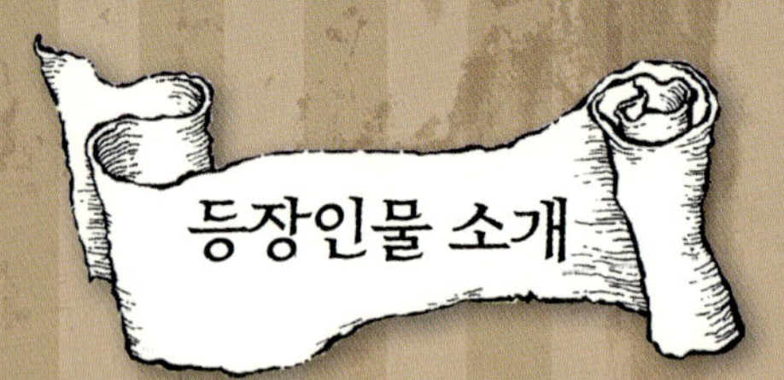

셜록 홈즈

뛰어난 추리력과 관찰력을 가진 사립 탐정.
범죄학, 화학, 해부학 등 탐정 일과 관련된
지식에는 매우 해박하지만 자신이 관심 없
는 일에는 전혀 흥미가 없다. 경찰들도 풀기
어려워하는 사건을 도와주며 바이올린 연주
하는 것을 즐긴다.

존 H. 왓슨

육군 군의관 출신의 의사.
부상을 입고 휴가 중에 홈즈와 같은 하숙
집에 살면서 그의 뛰어난 능력에 호기심
을 느끼게 된다. 결국 홈즈와 함께 행동하
며 그가 펼친 추리 활약을 모두 기록하고
전한다.

SHERLOCK HOLMES

메리 모스턴

사건 의뢰인.
십 년 전 아버지가 실종된 것을 시작으로
의문의 일을 계속 겪는다. 수상한 초대장
을 받은 것을 계기로 홈즈를 찾아와 사건
을 의뢰한다. 그녀의 우아하고 단정한 모
습에 왓슨은 마음을 빼앗긴다.

애설니 존스

런던 경시청 형사.
덩치가 커다란 형사로 사건이 풀리지 않을
때마다 홈즈에게 도움을 요청하곤 한다. 부
탁할 일이 있을 때에는 공손하고 예의바르
지만 사건이 끝나고 나면 금세 거만한 태도
를 취하며 홈즈의 공을 부정하곤 한다.

관찰과 추리의 차이

홈즈는 벽난로 선반에서 작은 약병을 집어 들었습니다. 그리고 모로코풍 가죽 주머니에서 주사기를 꺼냈지요. 그는 길고 흰 섬세한 손가락을 사용해 주사기에 약을 채우고는 바늘 끝을 매만졌습니다. 왼쪽 소매를 걷자 수많은 주삿바늘 자국이 보이는 손목이 드러났습니다. 그는 잠시 생각에 잠긴 뒤, 주삿바늘을 손목에 찔렀습니다. 그러고는 편안한 자세로 의자에 누워 긴 숨을 내쉬었습니다.

나는 지난 몇 달 동안 이런 그의 모습을 보았습니다. 하루에 세 번 정도 하는 이 행위는 몇 번을 보아도 마음이 편치 않았지요. 볼 때마다 화가 났고 충고를 해야겠다는 생각도 들었습니다. 그와 솔직하게 이야기를 나눌 필요가 있었지만 이를 막는 홈즈만의 특별한 능력이 있었습니다. 그것은 홈즈의 뛰어난 판단력과 수많은 재능이었습니다. 나는 그동안 내 눈으로 직접 홈즈의 재능을 무수히 보았습니다.

하지만 그날 오후는 사정이 달랐습니다. 점심때 와인을 많이 마신 탓인지 아니면 더는 화를 참을 수 없었는지도 모릅니다.

"대체 뭔가? 모르핀? 아니면 코카인?"

나는 매섭게 물었습니다.

“코카인 7퍼센트. 자네도 한번 해 보겠나?”

“됐네. 나는 아직도 아프가니스탄에서 겪은 전쟁 후유증에 시달리고 있네. 내 몸을 혹사시키고 싶진 않아.”

홈즈는 피식 웃었습니다.

“자네 말이 틀리진 않아. 이건 몸에 나쁘지. 하지만 정신을 편안하게 해 준다네. 그래서 부작용 따위는 신경 쓰지 않게 되었네.”

“정말 그렇다고 생각하는가!”

나는 말을 이었습니다.

“자네 말처럼 머리는 편안해지겠지. 하지만 그 효과는 길지 않아. 또한 시간이 갈수록 자네 몸은 망가지고 말 거야. 자네도 부작용에 대해서는 알고 있겠지? 이건 좋은 방법이 아니야. 결국은 자네의 그 뛰어난 추리력도 망가질 걸세. 이 말은 의사이기 전에 친구로서 하는 충고라네!”

홈즈는 내 말을 심각하게 들었습니다. 화를 내지도 않았습니다. 그는 몸을 의자에 편하게 기댄 채 이야기를 즐기고 있었습니다.

“머리가 제대로 돌아가지 않는다면 정말 끔찍하겠지. 나는 풀어야 할 문제나 흥미로운 사건이 필요해. 그러니 어려운 암호나 복잡한 화학 분석이 있다면 모두 내게 맡기게. 그러면 내 마음도 평안해질 거야. 이런 주삿바늘도 필요 없겠지. 자네도 알잖아. 나는 재미없는 일상을 싫어해. 그래서 늘 자극적인 일이 필요하지. 내가 이런 직업을 가진 것도 모두 그 때문이야. 아니, 실은 내가 그렇게 만든 거지. 결국은 세상에서 유일한 존재도 되었고 말이야.”

“사립 탐정 말인가?”

내가 물었습니다.

“그렇지, 세상에 하나 밖에 없는 사립 탐정이지. 범죄를 수사하면서 나는 대법관이자 대법원이 된다네. 그렉슨, 레스트레이드, 애설니 존스도 모두 나를 찾아오지 않았나. 나는 그동안 쌓아 온 능력으로 그들의 문제를 해결해 주지. 다른 사람들에게 인정받기 위해 그런 건 아니야. 사건을 잘 해결한다고 해서 나를 알아주는 건 아니거든. 하지만 이 일을 하면 내 능력을 펼칠 수 있다네. 무엇과도 바꿀 수 없는 기쁨이란 말일세. 자네도 내가 제퍼슨 호프 사건을 해결하는 걸 보지 않았나?”

“그래, 자넨 누구도 할 수 없는 일을 했지. 정말 대단했어. 그래서 내가 〈주홍색 연구〉를 발표할 수 있었지.”

그는 고개를 저었습니다.

“그래, 나도 그 책을 보긴 했어. 그런데 탐정 수사란 아주 냉철해야 한다네. 어려우면서도 복잡한 과학이지. 그런데 자네 원고는 꼭 연애 이야기 같더군. ‘유클리드의 제 5원리’에 사랑 이야기를 섞은 것 같단 말일세.”

“연애 이야기기 있었던 건 사실이 아닌가? 그 이야기를 빼면 사실이라고 할 수 없지.”

내가 말했습니다.

“그 말도 맞아. 하지만 어떤 것은 이야기하지 않아도 좋을 때가 있지. 사실을 말할 땐 냉정해야 한다네. 그 사건에서 중요했던 건 원인과 결과를 잇는 거였어. 결과에서 원인을 추적하며 거꾸로 추리하는 것, 그게 그 사건의 핵심이었다네.”

홈즈에게 생각지도 못한 비난을 듣자 나는 기분이 좀 나빠졌습니다. 그의 뛰어난 능력을 세상에 알리고 홈즈를 기쁘게 할 생각이었지만 그는 내 작품을 제멋대로 이해하고 있었습니다. 그의 이기적인 생각과 태도는 무척 거슬렸습니다.

베이커 가에서 살게 된 뒤, 나는 홈즈의 자기중심적인 말투와 행동에 실망하고 있었습니다. 하지만 아무 말도 하지 않았지요. 그저 부상당한 다리*를 주무르며 참고 있었습니다. 총알이 관통한 자리

---

* 셜록 홈즈 시리즈에서는 왓슨이 부상으로 인해 고통받는다고 말하는 부분이 어깨인 곳도 있고 다리인 곳도 있습니다. 이는 원작에서의 실수이거나 작가의 착각인 것으로 보입니다. 1권 《주홍색 연구》에서는 부상당한 곳이 ‘어깨’로, 이번 작품에서는 ‘다리’로 되어 있답니다.

는 조금만 날이 흐려도 쑤셨습니다.

"어찌 되었든 내 이야기가 대륙까지 퍼졌더군."

홈즈는 낡은 파이프에 담배를 채우며 말했습니다.

"지난주에는 프랑수아 르 빌라르의 연락을 받았다네. 자네도 알지? 그는 요즘 프랑스 탐정계에서 유명한 인물이야. 그는 날카로운 직감력을 가지고 있지만, 복잡한 추리를 하기에는 아직 능력이 부족하더군. 그가 유언장과 관련된 사건을 맡았는데 무척 흥미로웠어. 나는 1857년 리가에서 있었던 사건과 1871년 세인트루이스에서 있었던 사건을 참고하라고 조언했다네. 오늘 아침에 그에게서 편지가 왔는데 덕분에 해결을 했다면서 고맙다고 하더군."

홈즈는 편지를 꺼내 보여 주었습니다. '빛나는', '훌륭한', '비상한 능력'이라는 단어들을 보니 그가 홈즈를 얼마나 존경하는지 알 수 있었습니다.

"이건 마치 학생이 평소 존경하는 선생에게 보낸 편지 같군."

"하하, 좀 그렇게 보였나?"

셜록 홈즈는 말을 이었습니다.

"그에게는 훌륭한 탐정이 될 만한 능력이 분명 있어. 관찰력과 추리력은 정말 대단하지. 다만 더 많은 지식을 갖고 있어야 해. 그건 앞으로 차차 나아지겠지. 지금 그는 내 글을 프랑스어로 번역하고 있다네.”

“자네의 글을?”

“그래, 모르고 있었나?”

홈즈가 큰 소리로 웃으며 말을 이었습니다.

“내가 쓴 논문 말일세. 모두 전문적인 주제를 다뤘네. 〈각종 담뱃재의 구별에 대하여〉라는 논문은 140여 종에 이르는 시가와 궐련도 파이프 담배를 다뤘지. 담뱃재의 차이를 컬러 도판에 실어 설명했어. 이건 형사 재판에서도 중요하게 쓰일 수 있다네. 예를 들어 살인범이 인도산 룬카를 피웠다면 수사 범위를 좁힐 수 있지. 트리치노폴리 시가의 검은 재와 버즈아이 담배의 흰 솜털 같은 재는 달라. 전문가가 본다면 그건 양배추와 감자의 차이만큼 큰 것이라네.”

“자넨 사소한 것에서 중요한 것을 찾아내는 비상함이 있어.”

내가 말했습니다.

“사소한 것들 모두 중요한 단서가 될 수 있네. 나는 발자국 추적에 관한 논문을 쓴 적도 있다네. 발자국 보존을 위해 석고를 쓰는 법도 함께 실었지. 직업에 따른 손 모양의 차이에 대한 것도 썼어. 슬레이트공, 선원, 코르크 제조사, 식자공, 방직공, 다이아몬드 연마공의 손 모양을 도판으로 실었다네. 과학 수사에서 이런 것들은 아주 중요하거든. 특히 죽은 사람의 신원을 밝히거나 범인의 전과를 확인하는 데 도움이 된다네. 이런, 내가 너무 내 이야기만 했나?"

"아니야. 무척 흥미로워. 자네가 발자국을 추적하는 걸 내 눈으로 직접 보질 않았나. 그런데 관찰과 추리라는 건 같은 말이 아닌가?"

"아닐세."

홈즈는 몸을 등받이에 대고 푸른 담배 연기를 뿜어냈습니다.

"그럼 예를 들어 볼까? 난 오늘 아침 자네가 위그모어 가에 있는 우체국에 다녀왔다는 것을 알았네. 관찰을 통해 말이지. 그리고 그곳에서 전보를 치고 왔다는 건 추리를 통해 알았다네."

"오, 그걸 어떻게 알았나? 갑자기 생각나서 서둘러 다녀왔지."

"간단해."

홈즈는 웃으며 말했습니다.

"자네 구두에 붉은 흙이 묻어 있었거든. 지금 위그모어 가 우체국 건너편은 도로 공사 중이지? 그러니 분명 땅이 파헤쳐져 있을 테고 우체국을 가려면 그 땅 위를 걸어가야 해. 눈에 띄게 붉은 그런 흙은 이 부근에선 거기 밖에 없지. 자, 여기까지가 관찰일세."

"그렇다면 내가 전보를 친 건 어떻게 추리를 했지?"

"자네와 오전 내내 함께 있었으니 편지를 쓰지 않았다는 건 알고 있었어. 또 자네 책상 서랍 속에 우표와 엽서가 많은 것도 전에 보아서 알고 있었고 말이야. 그러니 전보를 치기 위해 우체국에 간 거지.

자, 어떤가?"

"그랬군. 그런데 난 좀 더 어려운 문제를 자네에게 내고 싶네."

"듣던 중 반가운 소리군. 그럼 코카인을 덜 맞아도 될 테지. 어떤 문제인가? 기대가 되는군."

"예전에 자네가 한 말 중 이런 말이 있었어. 모든 소지품에는 그 주인만의 흔적이 남아 있다고. 그래서 전문가는 그걸 알아볼 수 있다고 했었지. 여기 이 시계가 바로 그 물건일세. 다른 사람에게 물려받은 것이야. 그럼 이걸 보고 이전 주인의 성격이나 습관에 대해 말할 수 있겠나?"

나는 홈즈에게 시계를 건네주었습니다. 동시에 통쾌한 기분도 들었습니다. 홈즈라도 이 문제는 풀기 힘들 거라는 생각이 들었기 때문이지요. 그의 잘난 척도 이제는 내리막길이 되는 순간이었습니다.

그는 우선 시계를 들어 무게를 가늠해 본 뒤, 시계판을 살폈습니다. 그리고는 뚜껑을 열고 시계 안을 확대경으로 꼼꼼히 살펴보았습니다. 그렇게 한참을 보더니 곧 내게 시계를 돌려주었습니다. 무엇 때문인지는 모르나 실망한 표정이었습니다. 나는 그런 홈즈의 모습에 더욱 기분이 좋아졌습니다.

"최근 시계를 청소한 모양이야. 흔적이 거의 사라졌어."

홈즈가 말했습니다.

“맞아, 물려받기 전 분해해 청소를 했었지.”

내가 대답했습니다. 홈즈가 시계에 대해 아무것도 알지 못해 변명
을 하는 듯 느껴졌지요. 그러나 청소를 하지 않았다 해도 전 주인에
관해 알아내는 것은 어려웠을 거라는 생각이 들었습니다.

홈즈는 말없이 천장을 올려다보았습니다.

"그런데 몇 가지 사실은 알아냈어. 만약 내 추리가 틀렸다면 말해 주게. 이 시계는 자네 형에게 물려받은 것이지? 형은 아버님에게 물려받았고 말이야."

"뒷면 이니셜을 보고 알았나?"

"그래. W는 자네 성이지. 또 시계는 오십 년 전쯤에 만들어졌고 이니셜도 그때 새겨졌어. 그러니 시계는 자네 아버님께서 구입하셨겠지. 이런 값비싼 물건은 대개 장남에게 물려주지. 자네 아버님은 꽤 오래전에 돌아가셨군. 그러니 시계를 큰형이 가졌겠지."

"그래, 맞아. 그다음은?"

"자네 형은 꼼꼼하지 못한 성격이야. 많이 덜렁대지. 많은 재산을 물려받았지만 돈을 제대로 관리하지 못했네. 그러니 물론 가난하게 살았겠지. 형편이 좋아져도 술은 끊지 못했어. 그러다 세상을 떠나셨지. 내가 알아낸 사실은 여기까지야."

나는 홈즈의 말이 끝나기도 전에 자리에서 벌떡 일어났습니다. 그러고는 아픈 다리를 절뚝이며 방 안을 서성였습니다.

"자네, 우리 형에 관해 뒷조사를 했군. 그리고 이제는 그 사실을 추리한 듯 말하고 있어. 시계를 보고 알아냈다고 하지만 난 믿기 어렵네. 이건 너무 심해."

"미안하군, 왓슨."

홈즈가 말했습니다.

"추리에 몰두하다 보니 자네 기분을 생각하지 못했어. 하지만 믿어 주게. 이 시계를 보기 전까지만 해도 난 자네에게 형이 있다는 사실을 몰랐네."

"말도 안 돼. 어떻게 그럴 수 있나?"

"운 좋게도 내 추리가 딱 들어맞은 모양이군. 나도 이렇게 완벽하게 맞힐 줄은 몰랐네. 자네 형이 덜렁대는 성격이라고 말했지? 시계를 보니 파인 부분과 긁힌 자국이 많더군. 그건 동전이나 열쇠 같은 물건과 함께 시계를 주머니 속에 넣었기 때문이야. 50기니짜리 시계를 그렇다 다뤘다면 무척 털털한 성격을 가진 사람일 테지. 또 이런 고급 시계를 가지고 있다면 꽤 많은 유산도 받았을 것이고. 이건 어려운 추리가 아니야."

나는 그의 말에 고개를 끄덕였습니다.

"영국의 전당포에서는 보통 시계를 맡으면 시계 뚜껑 안쪽에 전당포 번호를 새겨 넣는다네. 이런 방법은 꼬리표를 다는 것보다 편리하거든. 확대경으로 보니 전당포 번호가 네 개나 있더군. 자네 형은 경제적으로 많이 힘들었다는 말이지. 그러다 형편이 좋아지면 시계를 다시 찾아갔겠지. 또 여기 태엽을 감는 열쇠 구멍 안을 보게. 긁힌 자국이 보이지? 술을 좋아하는 사람들의 시계는 대개 이런 모양

새지. 술에 취해 떨리는 손으로 태엽을 감으면 열쇠를 제대로 집어
넣지 못해 이런 긁힌 자국이 남곤 해. 자, 내 추리가 어떤가?”

“맞네, 아주 딱 맞아! 내가 오해를 했군. 사실은 자네 추리력을 의
심했다네. 미안하네. 그런데 지금 조사 중인 사건은 없나?”

“보다시피 없네. 코카인을 맞는 걸 보면 모르겠나? 머리를 쓸 일
이 생기지 않으니 답답해 죽겠네. 재미있는 사건이 없으니 하루도
길고 말이야.”

그때 문소리가 나더니 집주인 허드슨 부인이 명함을 갖고 들어왔
습니다.

“손님이 오셨어요. 젊은 여자분이세요.”

부인이 말했습니다.

“메리 모스턴?”

홈즈는 명함에 쓰인 이름을 읽었습니다.

“처음 듣는 이름이군. 허드슨 부인, 모시고 오세요. 왓슨, 자네도
내 옆에 있는 게 좋겠군.”

기묘한 사건의 시작

메리 모스턴은 침착해 보였습니다. 키가 작은 금발 머리의 아가씨로 장갑을 낀 모습이 매우 단정해 보였지요. 하지만 장식이 거의 없는 수수한 모직 드레스를 입은 것으로 보아 부유하지는 않은 듯 보였습니다. 머리에 쓴 작은 모자 옆에는 깃털 장식이 하나밖에 없었습니다.

눈에 띌 만큼 빼어난 미모는 아니었지만 사랑스러운 얼굴이었습니다. 또한 크고 파란 눈이 인상적이었지요. 나는 세 대륙을 오가며 많은 여성들을 보아 왔지만, 이렇게 정숙하면서도 우아한 숙녀를 본 적이 없었습니다.

셜록 홈즈가 앉기를 권하자, 긴장한 듯 그녀의 입술과 손이 파르

르 떨렸습니다.

"홈즈 씨, 저는 세실 포레스터 부인의 소개로 이곳에 왔습니다. 부인 집안에 생긴 일을 선생님께서 해결하셨다는 소리를 들었지요. 저는 그 댁 가정 교사로 일하고 있답니다. 부인께서는 선생님의 친절과 능력을 아주 높이 평가하셨습니다."

"음……, 세실 포레스터 부인이라면."

홈즈가 기억을 더듬으며 대답했습니다.

"작은 도움이었습니다. 아주 간단한 일이었지요."

"부인 생각은 그렇지 않더군요. 그리고 제 문제는 더더욱 간단하지 않습니다. 지금 제 상황은 너무도 괴상해서 설명하기조차 힘드니까요."

홈즈가 눈을 반짝였습니다. 그의 얼굴은 마치 좋은 먹잇감을 찾은 독수리처럼 활력이 넘쳤습니다.

"자, 어떤 일인지 말씀해 보세요."

홈즈가 너무도 심각하게 말을 해 나는 자리를 비켜 줘야 할 것 같았습니다.

"편하게 이야기하세요."

내가 일어서려는 데 모스턴이 장갑 낀 손을 들었습니다.

"괜찮습니다. 친구분도 함께 들어 주시면 좋겠어요."

나는 다시 의자에 앉았습니다.

"저희 아버지께서는 인도에 파견된 부대의 장교셨습니다. 어머니는 일찍 돌아가셨지요. 그래서 저는 잉글랜드로 보내져 이곳에서 자랐습니다. 에든버러에 있는 기숙사에 들어가 열일곱 살까지 생활했지요.

1878년에 아버지는 일 년간의 휴가를 얻으셨답니다. 그리고 저에게 랭엄 호텔로 오라는 전보를 보내셨어요. 저는 런던에 도착하자마자 호텔로 달려갔습니다. 그런데 호텔에서는 아버지가 전날 밤에 외출을 하신 뒤 돌아오지 않으셨다는 거예요. 하루를 더 기다렸지만 연락은 없었습니다. 그 후로 지금까지 말이지요. 호텔 지배인의 도움으로 경찰에 신고도 하고 신문에 광고도 냈지만 아무 소용이 없었어요. 평생 군대에 계시다 처음으로 나온 휴가였는데 이런 일이 생기다니……."

모스턴은 끝내 말을 잇지 못하고 눈물을 흘렸습니다.

"정확한 날짜가 언제였지요?"

홈즈가 물었습니다.

"1878년 12월 3일입니다. 벌써 십 년이 지났습니다."

"짐은 어떻게 되어 있었나요?"

"방에 그대로 있었어요. 옷과 책 몇 권 그리고 안다만 제도에서 가져온 귀중품이 좀 있었지요. 아버지는 그곳 죄수 수용소에서 경비대 장교로 계셨거든요.”

“런던에 친척이나 친구가 있나요?”

“친구 한 분이 계셨어요. 봄베이 34보병 연대에 함께 계셨던 숄토 소령님이시지요. 그분은 그즈음에 전역을 하셔서 어퍼 노우드에서 사셨어요. 그때 연락을 했지만 아버지가 귀국한 사실도 모르고 계시더군요.”

“이상하군요.”

“하지만 이상한 이야기는 이제부터랍니다. 육 년 전, 그러니까 1882년 5월 4일이었어요. 〈더 타임스〉 신문에 저를 찾는 광고가 실렸어요. 광고를 낸 사람의 정보는 없었고요. 그때 저는 세실 포레스터 부인 댁에서 가정 교사로 일하고 있었는데 부인 권유로 신문에 제 주소를 실었습니다.

그런데 며칠이 지난 뒤, 작은 종이 상자가 배달되었어요. 상자 안에는 편지는 없고 커다란 진주 하나가 들어 있었지요. 그 뒤로 해마다 같은 날이면 소포가 왔어요. 육 년 동안 꼬박 말이에요. 안에 든 물건도 같았지요. 전문가에게 물어보니 진주는 최상품이었어요. 여기 도움이 될까 해서 가져왔습니다.”

모스턴이 가져온 상자 안에는 아름다운 진주 여섯 알이 들어 있었

습니다.

"흥미로운 이야기군요. 또 다른 일은 없었습니까?"

홈즈가 물었습니다.

"오늘 아침 또 이상한 일이 생겼어요. 그래서 이곳에 찾아왔답니다. 이 편지를 받았는데 한번 읽어 보세요."

"네, 제게 주세요."

홈즈가 말했습니다.

"봉투도 주시겠습니까? 런던 남서 지국, 7월 7일이라고 찍혔군요. 남자의 엄지손가락 지문도 있고요. 이건 집배원의 것일 테지요. 봉투와 편지지 모두 고급인 것으로 보아 안목이 높은 사람 같군요. 보낸 주소는 적혀 있지 않네요.

'오늘 밤 일곱 시 라이시엄 극장 앞 왼쪽 세 번째 기둥으로 오세요. 친구 두 분과 함께 오셔도 됩니다. 피해에 대한 정당한 보상을 하고 싶습니다. 하지만 경찰은 사양합니다. 무슨 일이 생겨도 경찰은 절대로 안 됩니다. 미지의 친구에게서.'

정말 놀랍군요. 모스턴 양, 어떻게 하실 겁니까?"

"사실은 저도 잘 모르겠어요."

"저희가 함께 갈까요? 편지에는 친구 두 명과 함께 와도 된다고 적혀 있으니 왓슨과 제가 가는 것이 좋겠습니다. 여기 이 친구는 제게 도움을 많이 주지요.”

“왓슨 씨 생각은 어떠신지 모르겠네요.”

모스턴이 불안한 얼굴로 물었습니다.

“도움을 드릴 수 있다면 저는 영광입니다.”

내가 진심 어린 표정으로 답했습니다.

“모두 친절하시군요. 제게는 그런 친구가 많지 않아서요. 그럼 여섯 시에 다시 오겠습니다.”

“네. 그런데 모스턴 양, 이 편지의 필체와 소포에 쓰인 필체가 같습니까?”

홈즈가 물었습니다.

“그것도 가져왔어요.”

모스턴이 쪽지 여섯 장을 꺼냈습니다.

“정말 우등생 의뢰인이군요.”

홈즈는 종이를 꼼꼼히 보았습니다.

“편지 외에 다른 것은 일부러 필체를 다르게 썼군요. 하지만 같은 사람이 쓴 것 같네요. e를 그리스 문자처럼 쓴 것이나 맨 끝의 s도 공통된 특징이 있어요. 혹시 이 필체가 부친의 필체와 비슷하진 않나요?”

“전혀요.”

“그럴 겁니다. 이 종이는 제가 보관해도 될까요? 아직 세시 반이군요. 그럼 여섯 시에 뵙겠습니다.”

“네, 이따가 다시 오겠습니다.”

그녀는 진주 상자를 품고 방을 나갔습니다.

잠시 뒤, 나는 창 너머로 우아하게 걸어가는 모스턴의 뒷모습을 보았습니다.

“정말 아름다운 여자군.”

내가 말했습니다.

“그런가?”

홈즈는 파이프에 불을 붙이고 의자에 등을 기대앉으며 심드렁하게 대답했습니다.

“홈즈, 자네가 그렇게 말할 땐 기계 같아. 사람 냄새가 나지 않는다고.”

나의 말에 홈즈가 웃으며 대답했습니다.

“겉모습만 보고 판단하면 안 되거든. 내게 의뢰인은 문제 속 하나의 요소에 불과하다네. 감정을 담으면 추리하기가 힘들어지지. 내가 본 여자 중 가장 매력적인 사람은 보험금을 타 내려고 세 자녀를 독살한 여자야. 물론 교수형을 받았지. 그리고 가장 추하게 생긴 남자는 25만 파운드를 런던 빈민을 위해 기부한 자선 사업가였다네.”

“하지만 모스턴 양은…….”

“예외를 두면 원칙이 무너진다네. 그런데 자네는 필체로 사람의 성격을 판단한 적이 있나? 이걸 한번 보게.”

“바른 글씨체군. 내 생각엔 맡은 일도 잘하고 꼼꼼한 성격을 가진 사람일 것 같은데?”

그러나 홈즈는 고개를 가로저었습니다.

“여길 좀 보게. 긴 글자와 짧은 글자 높이가 비슷하지. d가 a처럼 보이기도 하고, l는 e처럼 보여. 성격이 꼼꼼한 사람이라면 긴 글자를 바로 썼겠지. 또 k는 불안해 보이고 대문자는 과장되게 썼다네. 자, 그럼 난 잠시 외출 좀 하겠네. 탁자 위에 윈우드 리드가 쓴《인류의 고난》이라는 책이 있는데 한번 읽어 보겠나? 난 한 시간 뒤에 돌아오겠네.”

나는 홈즈가 추천해 준 책을 가지고 창가에 앉았습니다. 하지만 머릿속은 온통 모스턴에 대한 생각뿐이었습니다. 부드러운 미소와 청아한 목소리 그리고 그녀에게 닥친 이상한 사건들. 아버지가 실종된 지 십 년인 지금 그녀는 성숙한 스물일곱 살의 숙녀가 되어 있었습니다. 그렇게 나는 그녀에 대한 생각에 빠져들다 퍼뜩 정신을 차렸습니다.

‘대체 지금 무슨 생각을 하고 있지? 가난한 절름발이 군의관 주제

에 그녀를 꿈꾸다니.'

　그녀는 그저 문제 속 하나의 대상이었습니다. 얼른 내 위치로 돌아와야 했지요. 컴컴한 미래 속에서 어설프게 등불을 비추려 하다니……. 다시 생각해도 어리석은 생각이었습니다.

해결의 실마리를 찾아서

다섯 시 반쯤 홈즈는 돌아왔습니다. 그는 무척 생기가 넘쳐 보였습니다.

"이 사건은 그리 어렵지 않을 것 같아. 답은 하나야."

홈즈가 내가 내민 찻잔을 들며 말했습니다.

"벌써 해결했나?"

"아니, 아직. 하지만 중요한 사실 하나를 알아냈다네. 지난 〈더 타임스〉 기사에서 어퍼 노우드에 사는 봄베이 34보병 연대 출신 숄토 소령이 1882년 4월 28일 사망했다는 것을 알아냈지."

"그게 중요한 사실인가?"

"한번 생각해 보게. 모스턴 대위는 실종됐어. 그리고 그가 찾아

갈 만한 사람은 숄토 소령밖에 없었지. 그는 친구가 런던에 온 사실도 몰랐고 사 년 뒤 죽었지. 그리고 일주일쯤 지난 날, 모스턴 대위의 딸은 진주를 받았어. 이제는 모스턴 양이 피해자라는 의미가 담긴 편지도 왔고 말이야. 그건 아버지의 실종 사건을 뜻하는 거야. 그에 대한 보상을 생각했겠지.”

“묘한 보상이군. 방법마저 아주 묘해. 또 편지를 육 년 전이 아니라 지금에서야 보낸 이유는 뭘까? 어떤 방법으로 보상해 주겠다는 거지? 모스턴 대위는 이미 죽었을 거야. 모스턴 양이 이 일 말고 다른 큰일은 겪지 않아 다행이군.”

“오늘 밤, 편지를 쓴 사람을 만나면 그것에 대한 수수께끼도 풀릴 거야. 모스턴 양이 타고 온 사륜마차가 밖에서 기다리고 있다네. 얼른 나가지.”

나는 모자를 쓰고 묵직한 지팡이를 챙겼고 홈즈는 주머니에 권총을 넣었습니다. 혹시라도 닥칠지 모르는 위험에 대비하는 것 같았습니다.

모스턴은 검은 망토를 두르고 있었습니다. 그녀의 얼굴은 평안해 보였으나 창백했습니다. 그녀는 셜록 홈즈의 질문에 성실히 대답했습니다.

“숄토 소령님은 아버지의 친한 친구분이셨어요. 안다만 제도에서 같은 부대에 계셨기 때문에 함께 지낸 시간도 많았지요. 아버지가 보낸 편지 속에서 그분에 대한 이야기를 들었답니다. 그런데 아버지 물건을 정리하다가 이상한 그림을 발견했어요. 그래서 여기 가져왔습니다.”

홈즈는 종이를 받아 무릎 위에 놓았습니다. 그리고 확대경을 꺼내 찬찬히 들여다보았지요.

“인도산 종이군요. 오랫동안 핀으로 고정했던 자국이 남아 있네요. 커다란 건물 평면도로 보이는데 넓은 방과 복도, 통로가 그려져 있어요. 빨간 십자가 표시와 연필로 ‘왼쪽에서 3.77’이라고 쓴 글씨가 있습니다. 십자 네 개를 이어서 한 줄로 나열한 그림 문자도 보이는군요.

‘네 개의 서명 – 조너선 스몰, 마호메트 싱, 압둘라 칸, 도스트 아크바르’라고 적혀 있는데 이게 뭔지는 잘 모르겠습니다. 보관 상태도 좋군요.”

“아버지 지갑 속에 있었어요.”

“그렇다면 더욱 보관을 잘 해야겠군요. 앞으로 수사에 도움이 될지 모르니까요. 모스턴 양, 이 사건은 처음 제가 생각했던 것보다 훨씬 복잡한 그 무언가가 있는 것 같습니다.”

홈즈는 등을 기대고 생각에 잠겼습니다. 모스턴과 나는 앞으로 생길 일에 대해 이야기를 나눴지만 홈즈는 침묵만을 지켰습니다.

9월의 저녁이었지만 조금 추웠습니다. 부슬비가 내릴 것처럼 안개가 깔리고 있었습니다. 스트랜드 가의 가로등도 어두운 거리 속에서 희뿌연 점처럼 보였습니다. 상점의 노란 등은 사람들로 붐비는 도로 이곳저곳으로 퍼져 나가며 고독한 기운을 풍겼습니다. 빛 속을 오가는 사람들의 발걸음이 괴기스럽게 느껴졌습니다. 슬픈 표정, 고단한 표정, 일그러진 표정이 어둠 속에서 나타났다가 다시 어둠 속으로 사라졌습니다.

나는 기분을 타는 사람은 아니었지만 이 우울한 풍경은 견디기 힘들었습니다. 모스턴도 음산한 거리 풍경에 압도당한 듯 보였습니다. 그러나 홈즈만은 달랐습니다. 그는 무릎 위에 수첩을 놓고 랜턴을 비추며 숫자 같은 것들을 적었습니다.

라이시엄 극장 앞에는 많은 사람들이 모여 있었습니다. 중앙 현관에는 이륜마차와 사륜마차가 줄을 서 있었습니다. 그리고 정장을 입은 신사와 다이아몬드로 치장한 부인들이 극장 안으로 들어가고 있었습니다.

우리는 약속된 세 번째 기둥으로 갔습니다. 그때 마부로 보이는 키가 작은 사내가 말을 걸었습니다.

"모스턴 양과 그 일행이십니까?"

“네, 그렇습니다. 제가 모스턴이고 이쪽은 제 친구들입니다.”

남자는 경계하는 듯 우리를 훑어보았습니다.

“설마 이분들이 경찰은 아니겠죠? 제게 맹세할 수 있나요?”

그가 물었습니다.

“그렇습니다.”

모스턴이 대답했습니다.

남자가 신호를 보내자 우리 앞으로 사륜마차가 다가왔습니다. 남자는 마부석에 앉고 우리는 좌석에 탔습니다. 마부가 채찍을 휘두르자 마차는 음침한 안개 속을 달리기 시작했습니다.

마차에 탄 우리는 아무 말도 하지 않았습니다. 참으로 묘한 기분이었습니다. 대체 무엇을 위해 어디로 가는지 알 수도 없었습니다. 그러나 이 낯선 초대가 장난일 리는 없었지요. 중요한 그 무엇인가가 우리를 기다리고 있는 것만은 확실했습니다.

모스턴은 침착해 보였습니다. 나는 그녀를

편안하게 해 줄 생각으로 아프가니스탄에서 내가 겪은 전쟁 이야기를 들려주었습니다. 그러나 솔직하게 말하면 나는 긴장한 탓에 제대로 된 이야기를 할 수 없었습니다.

처음에는 마차가 가는 방향을 알 듯 했습니다. 하지만 시간이 지날수록 방향 감각을 잃어버렸지요. 그러나 셜록 홈즈는 마차가 새로운 골목길로 들어설 때마다 혼잣말처럼 거리의 이름을 조용히 중얼거렸습니다.

"로체스터 가를 지났어. 지금은 빈센트 광장. 그럼 이제 복스홀 다리가 나오고 서리 주로 달려가겠군. 역시 그랬어. 지금 다리를 건너고 있어. 강물이 보여."

창밖으로 템스 강물이 반짝이는 것이 보였습니다. 마차는 다리를 건너 더 복잡한 거리로 들어섰습니다.

"워즈워스 가, 프라이어리 가, 라크홀 길이야. 스톡웰 광장을 지났군. 로버트 가, 콜드 하버 길. 음……, 아무래도 부유한 동네로 갈 생각이 없는 모양이군."

마차는 으슥한 지역을 지나고 있었습니다. 그리고 마침내 시커먼 벽돌집이 늘어선 거리를 지나 새로 지은 주택가 입구에 있는 세 번째 집 앞에서 멈췄습니다. 모두가 빈집 같았고, 우리가 내린 곳도 부엌 창에서 흘러나온 희미한 불빛만이 보일 뿐 어두웠습니다.

문을 두드리자, 노란 터번을 쓴 인도인 하인이 나왔습니다. 변두리에 위치한 집에 동양인 하인이라니……. 무엇인가 부자연스러운 느낌이 들었습니다.

"주인님께서 기다리고 계십니다."

하인이 말을 끝내기도 전에 날카로운 목소리가 안쪽에서 들려왔습니다.

"키트무트가, 어서 안으로 모셔라."

대머리 사나이의 이야기

우리는 하인을 따라 집 안으로 들어갔습니다. 복도는 컴컴했습니다. 하인은 복도 끝 오른쪽 문 앞에 서더니 문을 열었습니다. 안에는 키가 작은 남자가 서 있었습니다.

그의 머리는 숱이 없어 번들거렸고, 얼굴 전체에는 붉고 억센 털이 무성했습니다. 그는 엉거주춤한 자세로 서서 두 손을 쉬지 않고 비벼 대고 있었습니다. 얼굴 표정도 몇 번이나 바뀌었습니다. 처진 입술 사이로 누런 덧니가 드러났는데, 버릇처럼 손가락으로 계속 덧니를 만졌습니다. 대머리였지만 무척 젊어 보였지요. 나중에야 안 사실이지만 그는 겨우 서른 살이었습니다.

"어서 오세요, 모스턴 양."

남자가 가늘고 날카로운 목소리로 인사했습니다.

“제 작은 성에 오신 걸 환영합니다. 장소는 좁지만 제가 정성을 들여 꾸민 곳이지요. 황량하기 그지없는 남부 런던에 위치한 오아시스 같은 곳이라고 할까요.”

우리는 곧장 다른 방으로 안내되었는데 눈앞에 펼쳐진 광경을 보고 깜짝 놀랐습니다. 겉으로 보기에는 형편없는 집이었지만 안은 달랐습니다. 실내는 마치 구리 반지에 다이아몬드를 박은 것처럼 호화로웠지요.

벽에는 커튼뿐 아니라 커다란 수공 직물과 우아한 그림 액자가 걸려 있었고, 방 곳곳에는 보기에도 값비싸 보이는 동양의 도자기가 놓여 있었습니다. 이국적인 분위기를 풍기는 양탄자는 너무도 부드러워서 마치 이끼 위를 걷는 듯했습니다. 바닥 가운데 놓인 커다란 호랑이 가죽 두 장과 물 담배 파이프는 이 호사스러운 방을 한층 더 풍요롭게 만들고 있었습니다. 천장에 길게 매단 비둘기 모양의 은제 램프에서는 이국적인 향기가 풍겼습니다.

“저는 새디어스 숄토라고 합니다.”

키가 작은 남자가 얼굴을 연신 찌푸리며 말했습니다.

“이분은 셜록 홈즈 씨, 이분은 의사 왓슨 씨입니다.”

모스턴이 말했습니다.

"의사 선생님이요? 저, 그럼 혹시 청진기를 갖고 계십니까? 제 심장에 뭔가 이상이 있는 것 같아서요. 다행스럽게도 대동맥은 괜찮은 것 같습니다만 진찰을 받을 수 있을까요?"

나는 그의 심장 소리를 가만히 들어 보았습니다. 심장 박동은 정상이었습니다.

"걱정하지 않으셔도 됩니다."

"제가 괜한 걱정을 했군요. 번거롭게 만들어서 죄송합니다."

그는 기쁜 듯 말했습니다.

"몇 년 동안 몸이 안 좋았습니다. 막연하게나마 심장 판막에 문제가 있다고 생각해 왔지요. 진찰을 받으니 이제 마음이 놓이는군요. 모스턴 양의 부친께서도 심장에 무리를 주지 않았다면 돌아가시진 않으셨을 겁니다."

나는 그의 느닷없는 말에 기가 막혔습니다. 생각 같아서는 따귀라도 때리고 싶었지요. 갑작스러운 슬픈 소식에 모스턴 양은 힘없이 자리에 주저앉았습니다.

"아버지가 돌아가셨을 거라고 생각은 했지만……."

그녀는 말끝을 흐렸습니다.

"저는 그에 대해 자세히 알고 있습니다. 모두 말씀드리겠습니다. 또한 모스턴 양이 정당한 보상을 받을 수 있도록 돕고자 합니다. 바솔로뮤 형의 생각과는 상관없이요.

친구분들도 함께 오셔서 기쁩니다. 모스턴 양께서도 마음을 놓을 수 있고, 또 제 말과 행동에 증인이 되어 줄 수 있으니까요. 세 분이라면 바솔로뮤 형과 이야기하실 수 있을 겁니다. 하지만 경찰이 껴서는 안 됩니다. 물론 다른 분들도 안 되고요. 바솔로뮤 형은 낯선 사람들을 무척 경계합니다.”

새디어스 숄토는 동의를 구한다는 듯 눈물이 찬 파란 눈으로 우리를 쳐다보았습니다.

“무슨 일이 있어도 다른 사람에게는 말하지 않겠습니다.”

홈즈가 그를 안심시켰습니다. 나도 그를 보며 가만히 고개를 끄덕였습니다.

“고맙습니다. 모스턴 양, 키안티 한잔 하시겠습니까? 토케이는 어떻습니까? 저는 물 담배를 좀 피워야겠습니다. 그래도 괜찮겠지요? 이건 향이 좋은 동양 담배입니다. 신경을 진정시키는 데 도움을 주지요.”

그가 작은 양초를 담배통에 기울이자 장미 향료를 담은 통에서 연기가 솟았습니다. 우리 세 사람은 그를 둘러싸고 앉았습니다. 남자는 여전히 얼굴을 찌푸린 채 번들거리는 머리를 만지며 담배를 피웠습니다.

"편지 봉투에는 제 주소를 쓰지 않았습니다. 제가 부탁드렸듯이 혹시라도 성가신 일이 생길까 봐 그랬습니다. 그래서 제 하인 윌리엄스에게 모셔 오도록 시켰지요. 뭔가 이상한 기색이 보이면 그냥 돌아오라는 말도 했습니다.

좀 유별나다고 생각하실지 모르지만 제가 워낙 조심스럽고 신중합니다. 경찰뿐만 아니라 돈만 아는 천박한 사람들도 피하지요. 많은 사람들을 만나는 것은 피곤한 일입니다. 보시는 것처럼 이렇게 조용한 곳에서 편하게 지내고 있습니다. 저는 예술을 사랑하는 사람입니다. 이것이 제 약점이기도 하지요. 이 풍경화는 코로의 작품이고, 저건 살바토르 로사, 저건 부그로의 작품입니다. 저는 프랑스 근대 화가들을 무척 좋아하지요."

"그런데 숄토 씨!"

모스턴이 외쳤습니다.

"제게 하시고 싶은 말씀이 무엇인지……, 저는 어서 빨리 그 이야기를 듣고 싶습니다."

"저도 그러고 싶지만 시간이 좀 걸립니다. 바솔로뮤 형을 만나려면 노우드로 가야 하고, 또 이야기를 꺼내 봐야 알 수 있으니까요. 형은 이 일을 굉장히 꺼리고 있습니다. 저희는 어젯밤에도 이 일로 다퉜습니다. 형은 아주 무서운 사람입니다."

"노우드로 가야 한다면 어서 빨리 떠나는 것이 좋지 않을까요?"

내가 조심스럽게 말했습니다. 그러자 그가 갑자기 미친 사람처럼 웃더니 다시 입을 열었습니다.

"그건 곤란합니다. 형이 어떤 태도를 취할지 모르니까요. 먼저 여기 모인 사람들에게 자초지종을 설명해야겠어요. 그리고 제가 모르는 것이 있다는 점도 알고 계셔야 합니다. 제가 알고 있는 건 모두 이야기하겠지만요.

다들 알고 계시겠지만, 저희 아버지는 인도 육군에 복무하셨던 숄토 소령입니다. 십일 년 전에 퇴역하시고 어퍼 노우드의 폰디체리에 사셨지요. 아버지는 인도에서 크게 성공하셨습니다. 그래서 많은 돈과 값비싼 물건을 가지고 돌아오셨지요. 인도인 하인들도 함께요. 그 후 아버지는 새로 산 저택에서 호화로운 생활을 하셨습니다. 가족이라고는 저와 제 쌍둥이 형인 바솔로뮤가 전부입니다.

저는 모스턴 대위가 실종되었을 때를 기억하고 있습니다. 형과 저는 신문을 보고 그분이 아버지의 친구분이라는 것을 알게 되었지요. 그분에 대해 아버지와 함께 이야기를 나눈 적도 있습니다. 하지만 아버지가 아서 모스턴의 운명에 대해 알고 계시다는 사실은 결코 몰랐습니다.

다만 어떤 좋지 않은 것이 아버지를 노리고 있다는 건 알고 있었습니다. 아버지는 절대 혼자서 외출을 하지 않으셨거든요. 그리고 얼마 뒤, 권투 선수 출신인 경호원 두 사람을 고용하셨습니다. 제 하인 윌리엄스도 그중 한 명이지요. 그는 영국 라이트급 챔피언 출신입니다.

아버지가 두려워하는 사람이 누군지는 확실히 알 수 없었지만 의족을 한 사람이라는 건 알고 있었습니다. 언젠가 의족을 한 백인 남자를 향해 총을 쏜 적이 있었는데 알고 보니 그는 전혀 상관이 없는 사람이었지요.

형과 저는 이런 일들을 아버지의 괴팍한 성격 탓이라고 생각했습니다. 하지만 이해할 수 없는 이상한 일은 계속 벌어졌습니다.

1882년 초, 인도에서 날아온 편지를 보고 아버지는 충격을 받으셨습니다. 그리고 얼마 뒤 돌아가셨지요. 편지 내용은 알지 못합니다만, 급하게 쓴 편지였다는 건 기억합니다. 아버지는 몇 해 전부터 비장비대증을 앓고 계셨는데 상태가 좋지 않았지요. 유언장은 이미 작성되어 있었습니다.

돌아가시기 전, 아버지는 형과 저를 불렀습니다. 고통 속에서 마지막 숨을 몰아쉬면서 이야기를 하셨습니다.

'이제 마지막 순간이 다가왔구나. 죽기 전, 마음에 걸리는 것이 있다. 난 모스턴의 딸에게 부당한 대우를 했어. 이 귀중한 보물 절반이

그 아이 것이란다. 하지만 넌 욕심에 눈이 멀어 그 아이에게 아무것
도 주지 않았지. 정말이지 어리석은 생각이었어. 탐욕에 빠져 그 누
구도 생각하지 않았던 게야. 저 키니네 병 옆에 보이는 진주 팔찌를
가져와라. 그 아이가 가져야 할 물건인데 돌려주지 못했구나. 내가
세상을 떠나거든 너희들이 아그라의 보물을 그 아이에게 주어라. 저
진주 팔찌도 함께 말이야.'

그리고 아버지는 모스턴 대위에 대해서도 이야기하셨습니다.

'그는 오래전부터 심장이 좋지 않았어. 하지만 그 사실을 숨겼단
다. 물론 나는 알고 있었지. 인도에서 나와 그 친구는 많은 보물을
갖게 되었어. 나는 그것을 갖고 그보다 먼저 영국으로 돌아왔단다.
그리고 모스턴은 나중에 돌아와서 나에게 자신의 몫을 달라고 했지.
그는 역에서 걸어왔고 지금은 세상을 떠난 랄 초우다 노인의 안내를
받아 집 안으로 들어왔단다.

그리고 우리에게 다툼이 일어나고 말았어. 보물을 나누면서 의견
충돌이 일어난 거야. 그때였어. 잔뜩 흥분한 그 친구가 벌떡 일어나
다가 옆구리에 손을 대며 쓰러졌단다. 그 바람에 그는 보물 상자 모
서리에 머리를 찧었고 내가 안아 올렸을 땐 이미 죽어 있었어.

나는 너무도 당황한 나머지 멍하니 서 있었단다. 살인 혐의를 받
게 될까 봐 두려웠지. 말다툼을 한 상황이며 그의 머리에 난 상처가

나를 불리하게 몰고 갈 테니까 말이다. 그리고 경찰 수사를 받게 되면 보물에 대해서도 이야기를 해야 했을 테지. 이런저런 걱정을 하고 있던 순간 모스턴이 누구에게도 알리지 않고 이곳에 왔다는 사실이 떠올랐단다. 어쩌면 아무도 모르게 영원히 덮을 수 있으리란 생각이 들었어.

그때 입구에 서 있던 랄 초우다와 눈이 마주쳤단다. 그는 문을 잠그며 내게 속삭였지.

'주인님, 아무 걱정 마십시오. 시체를 감쪽같이 숨긴다면 아무도 모를 겁니다.'

내가 죽인 게 아니라고 설명했지만 랄 초우다는 믿지 않았어. 그저 징그럽게 씩 웃으며 말했단다.

'전 모두 들었습니다. 두 분께서 싸우는 소리와 무언가를 내리찍는 소리도요. 하지만 저는 아무것도 보지 못했습니다. 다른 사람들은 모두 자고 있으니 어서 처리하는 것이 좋겠습니다.'

그의 말을 듣고 나는 마음의 결정을 내렸다. 충직한 하인마저 나를 믿지 않으니 배심원 또한 마찬가지일 거라고 생각했던 게야.

그날 밤, 나는 랄 초우다와 함께 시체를 은밀하게 처리했고 며칠 뒤 런던 신문에는 모스턴 대위의 실종 사건이 크게 실렸단다. 나는 그의 죽음에 아무런 죄가 없어. 하지만 친구의 시체를 숨겼고 그의

보물을 가로챘지. 이제 너희들이 나시시 이깃을 돌려줬으면 좋겠구나. 그리고 보물이 있는 곳은…….'

그때 아버지의 얼굴이 무섭게 일그러졌습니다.

'저놈을 내쫓아라, 어서!'

우리는 아버지의 눈길이 향한 창 너머를 보았습니다. 어둠 속에 누군가 서 있었습니다. 수염을 무성하게 기른 험상궂은 얼굴과 잔인한 눈동자를 가진 사내였지요.

형과 나는 밖으로 뛰어나갔지만 그는 이미 사라지고 없었습니다. 그리고 다시 방으로 돌아왔을 때 아버지는 숨을 거둔 상태였습니다. 정원을 구석구석 뒤져 보았지만 창 밑에 발자국이 하나 있을 뿐, 다른 흔적은 찾을 수 없었습니다. 발자국이 없었다면 우리는 귀신을 보았다고 생각했을 겁니다.

그러나 우리가 모르는 어떤 것이 있다는 사실을 얼마 지나지 않아 알게 되었습니다. 다음 날 아침에 보니, 아버지 방 창문이 열려 있었습니다. 누군가가 아버지의 방을 뒤진 겁니다. 그리고 아버지 가슴 위에는 '네 개의 서명'이라고 휘갈겨 쓴 종이가 있었습니다. 침입자가 누군지도 알 수 없었고 쪽지에 적혀 있는 뜻도 알 수 없었습니다. 하지만 잃어버린 물건은 없었지요. 그 순간, 형과 저는 아버지가 두려워했던 누군가를 떠올렸습니다. 그러나 지금까지도 알아낸 것은 아무것도 없습니다."

남자는 물 담배에 다시 불을 붙이고 연기를 내뿜었습니다. 우리는 그의 이야기에 빠져 있었습니다. 그는 이야기를 하는 동안 내내 흥분한 상태였습니다. 어찌나 흥분했던지 우리 모두가 걱정스럽게 여길 정도였지요.

내가 테이블 위에 있는 베니스산 물병에서 물을 따라 주자 그는 다시 평온한 모습으로 돌아왔습니다. 홈즈는 생각에 잠긴 듯 눈길을 바닥에 둔 채 등받이에 몸을 기대고 있었습니다. 나는 홈즈가 권태로운 일상에 관해 말했던 것을 기억해 냈습니다. 그는 이제 열정을 다해 일할 수 있는 기회를 갖게 되었지요.

새디어스 숄트는 자신의 회상에 스스로 만족한 듯 우리를 둘러보더니 담배 연기를 길게 내뿜었습니다.

"형과 나는 아버지가 말씀하신 보물을 찾기 시작했습니다. 몇 달에 걸쳐 집과 정원을 뒤졌지만 보물은 없었습니다. 나중에는 애가 타 피가 마를 지경이었지요. 아버지가 남긴 진주 팔찌를 보니 보물이 어떨지는 상상이 갔습니다. 팔찌 때문에 형과 싸우긴 했습니다. 형은 그 진귀한 보물을 탐냈지요. 형은 아버지를 많이 닮았답니다. 그 팔찌를 세상에 내놓으면 귀찮은 일이 생길 거란 생각도 했을 겁니다. 하지만 저는 모스턴 양의 거처를 은밀하게 알아내 팔찌만이라도 돌려주고 싶었습니다. 시간을 두고 천천히 말이지요.”

“감사합니다. 당신은 정말 좋은 분이세요.”

모스턴이 진심을 담아 말했습니다. 그러나 그는 단호한 목소리로 손사래를 쳤습니다.

“바솔로뮤 형은 제 생각과 다르겠지만 그건 분명 당신의 재산입니다. 우리에게도 재산은 많습니다. 저 또한 충분하고요. 앞날이 창창한 아가씨의 미래를 막는 일은 더는 할 수 없습니다. ‘부도덕한 성향은 범죄의 근원이다.’라는 프랑스의 격언이 있지요? 그 말은 사실입니다. 그 일로 나는 형과 갈등이 깊어졌고 인도인 하인 윌리엄스를 데리고 폰디체리 저택을 나왔습니다.

그런데 어제 놀라운 소식을 들었습니다. 드디어 보물을 찾았다고 하더군요. 그래서 모스턴 양을 모신 겁니다. 이제 노우드로 가서 우리의 몫을 찾아오면 됩니다. 어젯밤 형에게 말해 두었으니 우리를 기다리고 있을 겁니다. 반겨 주진 않을 테지만요.”

“당신의 이야기는 잘 들었습니다. 어렵고 힘든 결정을 하셨습니다. 저희가 그에 대한 보답으로 아직 남은 이야기를 밝혀 드릴 수 있을지도 모릅니다. 지금은 시간이 늦었으니 우선 모스턴 양의 말대로 출발을 하는 것이 좋겠습니다.”

홈즈가 말했습니다.

새디어스 숄토는 물 담배를 내려놓고는 커튼 뒤에서 모피 장식이 달린 긴 코트를 꺼내 입었습니다.

"몸 상태가 좋지 않아서요."

그는 답답하게 느껴질 정도로 단추를 모두 채우고는 토끼털 모자를 쓰고 현관 앞으로 나갔습니다.

집 앞에는 마차가 준비되어 있었습니다. 새디어스 숄토는 마차에서도 쉬지 않고 이야기를 했습니다.

"바솔로뮤 형은 무척 영리한 사람입니다. 형은 보물이 집에 있을 거라는 결론을 내렸지요. 그래서 1센티미터의 오차도 없이 집 안 치수를 꼼꼼히 쟀습니다. 건물 높이가 22미터인데 각 층의 방 높이와 그 사이를 조사해도 21미터밖에 되지 않다는 걸 알아냈지요. 형은 건물 꼭대기를 의심했습니다. 맨 위층 천장에 구멍을 뚫자 거기에 비밀 공간이 있었습니다. 형은 그 위에서 보물 상자를 찾았지요. 그 가치는 50만 파운드가 넘는다고 들었습니다."

우리 세 사람은 너무도 놀라 서로를 바라보았습니다. 모스턴이 그 보물을 차지한다면 그녀는 하루아침에 가난한 가정 교사에서 부유한 상속녀로 변신할 터였습니다. 당연히 축하해야 할 일이었지만 나는 조금 쓸쓸한 생각이 들었습니다.

나는 간단한 말로 축하의 인사를 하고는 고개를 숙였습니다. 쉴

새 없이 떠드는 새디어스 숄트의 말도 더 이상 들리지 않았습니다. 그가 우울증 증상을 말하며 약효의 성분과 효과에 대해 물어봤지만 나는 건성으로 듣고 답할 뿐이었습니다.

나중에 홈즈가 말하길 그날 밤 내 대답은 놀라울 따름이었다고 합니다. 나는 피마자기름을 두 방울 이상 마시는 것은 몸에 위험하다고 하는가 하면 진정제로 스트리크닌(아주 적은 양은 신경 자극제로 쓰이지만 양이 많으면 중추 신경 마비, 근육 강직, 경련 등을 일으킬 수 있는 유독물)을 많이 복용하는 것이 좋다는 말도 했다고 합니다. 나는 그때 했던 내 말을 그가 기억하지 못하길 지금도 진심으로 바라고 있습니다.

"모스턴 양, 드디어 폰디체리 저택에 도착했습니다."

새디어스 숄트가 이 말을 꺼냈을 때, 나는 마치 감옥에서 나온 듯한 기분이 들었습니다.

폰디체리 저택의 비극

우리가 저택에 도착했을 때는 열한 시가 지나 있었습니다. 축축한 안개가 걷힌 밤 공기는 어느새 맑아져 있었습니다. 흰 구름 사이로 반달이 모습을 드러냈습니다. 새디어스 숄토가 친절하게 마차에 있는 램프를 들고 길을 안내했습니다.

폰디체리 저택은 유리 조각이 박힌 높은 담으로 둘러싸여 있었습니다. 저택 크기에 비해 출입문은 아주 좁았지요. 새디어스 숄토는 특이한 소리를 내며 문을 두드렸습니다.

"누구십니까?"

저택 안에서 묵직한 남자 목소리가 들렸습니다.

"맥머도! 날세. 내 노크 소리를 잊어버리진 않았겠지!"

곧이어 열쇠 묶음이 흔들리는 소리가 나더니, 키가 작고 가슴 근육이 발달한 사내가 모습을 드러냈습니다.

"새디어스 도련님이시군요. 그런데 이분들은 누구시죠? 다른 분들이 오신다는 소리는 못 들었습니다."

"그럴 리가! 어젯밤에 형에게 친구들을 데려온다고 말했다네."

"오늘 주인님께서는 내내 방 안에만 계셨습니다. 아무 말씀도 없으셨고요. 이 집의 규칙을 잘 아시지요? 도련님은 들일 수 있지만 다른 분들은 집 밖에서 기다리셔야 합니다."

그의 말에 새디어스 숄토가 목소리를 높였습니다.

"자네가 내게 이럴 수 있는가? 책임은 내가 지겠네. 더군다나 숙녀분도 계시지 않나!"

"죄송하지만 안 됩니다. 도련님의 친구분이라 해도 주인님이 허락한 분들은 아니니까요. 저는 주인님의 말씀을 따라야 합니다. 여기 계신 분들 중, 제가 아는 분은 아무도 없습니다."

"맥머도, 정말 섭섭하군."

새디어스 숄토가 말했습니다.

이번에는 홈즈가 말했습니다.

"날 기억하지 못하겠나? 사 년 전, 앨리슨 권투 경기장에서 자네의 후원 경기 때, 3라운드까지 나섰던 아마추어 선수 말일세."

“아니, 셜록 홈즈 씨!”

그가 외쳤습니다.

“세상에, 이렇게 뵙다니! 홈즈 씨가 나서서 어퍼컷을 날렸다면 금세 알았을 겁니다. 그런데 이제는 권투를 그만두셨나 보군요. 계속하셨다면 이름을 날리셨을 텐데요.”

“왓슨, 잘 들었지? 내가 이것저것 다 실패해도 먹고살 방법은 있단 말일세.”

홈즈가 웃으며 말했습니다.

“안으로 모시겠습니다. 자, 들어오시지요.”

맥머도가 말했습니다.

출입문에서 저택까지 이어진 황량한 정원 사이로 자갈길이 펼쳐져 있었습니다. 주위는 어둡고 조용했습니다. 새디어스 숄토는 뭔가 불안한 듯 랜턴을 든 손을 떨고 있었습니다.

“이상하군요. 우리가 도착한다는 것을 알고 있을 텐데, 형의 방에 불이 꺼져 있습니다.”

“그분은 언제나 이렇게 경비를 철저히 하나요?”

홈즈가 물었습니다.

“아버지 때부터 이렇게 했습니다. 아버지는 저보다 형을 더 좋아했지요. 그래서 저는 때때로 서운한 기분을 느끼기도 했었어요. 저기 달빛이 비치는 곳이 바솔로뮤 형의 방입니다. 밝아 보이지만 방 안에서 나오는 불빛은 아닙니다.”

“네, 그런데 현관문 옆에 작은 불빛이 보이는군요.”

홈즈가 말했습니다.

“저곳은 가정부 번스톤 부인의 방입니다. 여기서 잠깐 기다리세요. 우리가 다 함께 가면 그녀가 놀랄지도 모르니까요. 그런데 이게 무슨 소리지요?”

그가 랜턴을 들어 올렸습니다. 그 순간, 모스턴은 내 손을 잡았고 우리는 그 자리에 얼어붙고 말았습니다. 깊은 어둠 속에서 여자의 울음소리가 들렸습니다.

“번스톤 부인일 겁니다. 제가 가 볼 테니 기다려 주십시오.”

새디어스 숄토는 현관으로 뛰어가 조금 전처럼 노크를 했습니다. 곧이어 키가 큰 늙은 부인이 나왔습니다. 부인은 기뻐하며 그를 반겼습니다.

“오셨군요, 새디어스 도련님! 어서 들어오세요!”

두 사람은 문을 닫고 안으로 들어갔습니다. 그리고 작은 목소리로 중얼거리는 소리가 들렸습니다.

홈즈는 랜턴 불을 비춰 주위를 살펴보았습니다. 정원 곳곳에는 흙 이 쌓여 있었습니다. 모스턴과 나는 말없이 서 있었습니다. 나는 여전히 모스턴의 손을 꼭 쥐고 있었습니다.

사랑이란 참 묘한 것이었습니다. 우리 둘은 그날 처음 만났고 어떠한 마음도 나눈 적이 없었습니다. 하지만 어려움을 나눈 그 짧은 시간 속에서, 우리는 자연스럽게 서로의 손을 잡고 있었지요. 지금 생각해 봐도 놀라운 일입니다. 훗날 밝히길, 모스턴은 그때 내게서 위안을 받고 싶었다고 고백했지요. 우리는 그렇게 나란히 서 있었습니다. 그리고 동시에 마음 한쪽도 따뜻해져 있었습니다.

"정말 이상한 정원 풍경이군요. 영국에 있는 두더지를 모두 잡아 한꺼번에 풀어 놓은 것 같아요. 언젠가 오스트레일리아의 밸러랫 산 중턱에서 이런 광경을 본 적이 있어요. 금을 캔 흔적이었지요."

모스턴이 말했습니다.

"이것도 아마 보물을 찾기 위해 이렇게 해 놓은 모양입니다. 육 년 동안 찾아 헤맸을 테니 이렇게 되었겠지요. 이상한 일도 아닙니다."

그때 현관문이 열리며 새디어스 숄토가 뛰어나왔습니다.

"형에게 큰일이 생긴 것 같습니다!"

그는 공포에 사로잡혀 벌벌 떨고 있었습니다.

"들어가 봅시다."

홈즈가 침착하게 말했습니다. 우리도 새디어스 숄토의 뒤를 따라 안으로 들어갔습니다. 가정부의 방에 가니 그녀는 겁에 질려 떨고 있었습니다. 그러나 모스턴의 얼굴을 보자 진정하는 듯 보였습니다.

"아가씨께 신의 은총이 함께 하길! 이렇게 예쁘고 상냥한 아가씨를 보니 안심이 좀 되는군요. 오늘은 어찌나 무서웠던지!"

가정부가 말했습니다.

모스턴이 가정부를 위로해 주자 그녀의 두 뺨은 금세 생기를 되찾았습니다.

"주인님은 종일 문을 걸어 잠그고 방에서 나오지 않으셨어요. 그래서 한참을 기다렸지요. 자주 그러시거든요. 그런데 불안한 예감이 들어 한 시간 전에 열쇠 구멍으로 방 안을 들여다보았어요. 새디어스 도련님, 직접 들어가 보세요. 저는 십 년 동안 주인님을 모셨지만 그런 얼굴은 처음 보았답니다."

셜록 홈즈가 앞장섰습니다. 새디어스 숄토는 뒤따라가면서도 이를 덜덜 떨었습니다. 나중에는 몸을 가눌 수 없을 정도로 떨어 결국은 내 부축을 받으며 겨우 계단을 올라갔습니다.

홈즈는 민첩하게 확대경을 꺼내 코코넛 매트 위에 있는 먼지 자국을 조심스럽게 살펴보았습니다. 그리고 좌우를 살피며 천천히 계단을 올라갔습니다. 모스턴과 가정부는 방에 남아 있었습니다.

2층에 올라가자 길게 뻗은 좁은 복도가 보였습니다. 오른쪽에는 인도산 수공 직물 그림이 걸려 있었고, 왼쪽에는 문이 세 개 있었습니다. 마지막 방을 향해 홈즈가 천천히 앞서 걷고 숄토와 나는 조금 떨어져서 걸었습니다. 문 앞에 서서 노크를 했지만 안에서는 아무 소리도 나지 않았습니다. 홈즈가 손잡이를 돌렸지만 문은 굳게 잠겨 있었습니다. 랜턴 불로 비추니 방문에 걸린 빗장이 보였습니다. 홈즈는 열쇠 구멍으로 방 안을 들여다보았습니다.

"왓슨, 좋지 않은 일이 벌어진 것 같군."

그가 평소와는 달리 긴장된 목소리로 말하기에 나도 얼른 열쇠 구멍 안을 들여다보았습니다.

방 안에는 어스름한 달빛이 비치고 있었습니다. 그리고 우리를 바라보고 있는 새디어스 숄토의 얼굴이 보였습니다. 대머리와 그 주변을 감싼 붉은 머리카락과 창백한 얼굴이 그였지요. 하지만 미소에서는 소름이 끼쳤습니다. 미소를 머금은 채 굳어 버린 얼굴은 끔찍했습니다. 그 얼굴이 우리와 함께 온 작은 친구와 너무나도 닮았기에 순간 그가 우리 곁에 있는지를 확인하기 위해 주위를 둘러보았습니다. 곧 그가 그의 형과 쌍둥이라고 말했던 것이 떠올랐습니다.

"끔찍하군!"

내가 말했습니다.

홈즈는 곧 체중을 실어 문을 밀었지만 꿈쩍도 하지 않았습니다. 결국은 나도 합세해 문을 밀쳤습니다. 그러자 우지끈 하는 소리를 내며 문이 열렸습니다.

방 안은 마치 화학 실험실 같았습니다. 맞은편 벽에는 수많은 유리병이 진열되어 있었고 테이블 위에는 버너와 시험관 그리고 증류기가 놓여 있었습니다. 방구석에는 산성 물질이 담긴 몇 개의 큰 병이 보였는데, 그중 하나가 깨져 톡 쏘는 냄새가 진동했습니다. 방 한쪽에는 사다리가 놓여 있고 천장 위로 커다란 구멍이 보였습니다. 사다리 옆에는 긴 밧줄 묶음이 놓여 있었습니다.

이 집의 주인은 테이블 옆 의자에 뜻 모를 미소를 띤 채 쓰러져 있었습니다. 몸은 이미 차갑게 굳어 있었습니다. 온몸이 뒤틀린 채 한 손을 테이블 위에 얹고 있었고 그 옆으로 이상한 도구가 하나 보였습니다. 나무 막대에 돌덩어리를 끈으로 돌려 묶은 망치였습니다. 망치와 함께 휘갈겨 쓴 쪽지 한 장도 놓여 있었습니다. 홈즈가 그것을 집어 먼저 읽더니 내게 건네주었습니다.

“자네도 읽어 봐.”

그가 눈썹을 찡그리며 말했습니다.

“네 개의 서명. 이게 대체 무슨 뜻이지?”

내가 물었습니다.

“이건 살인이야. 여길 봐.”

홈즈가 시체를 살피며 말했습니다. 시체의 귀 위쪽에 검은 것이

꽂혀 있었습니다.

"가시야!"

내가 소리쳤습니다.

"침이로군. 조심해. 독이 있을지도 모르니까."

홈즈가 말했습니다.

나는 조심스럽게 가시를 뺐습니다. 생각보다 쉽게 뽑힌 가시는 작은 자국을 남겼습니다.

"정말 이상하군."

내가 말했습니다.

"아니, 그 반대야. 몇 가지 고리만 연결한다면 사건은 쉽게 풀릴 거야."

어느새 침착함을 되찾은 홈즈가 대답했습니다.

우리는 방에 들어간 이후, 새디어스 숄토의 존재에 대해 까맣게 잊고 있었습니다. 그는 여전히 문가에 서서 온몸을 부들부들 떨며 신음하고 있었습니다.

그런데 갑자기 그가 날카로운 목소리로 외쳤습니다.

"보물이 사라졌습니다! 어젯밤 저 구멍에서 우리 형제가 보물 상자를 내렸거든요. 그게 형의 마지막 모습이었다니! 내가 방을 나가고 나서 형은 문을 닫고 잠갔습니다."

"그때가 몇 시였지요?"

"열 시였습니다. 내가 다녀간 다음 형이 죽다니, 경찰이 오면 내가 의심을 받겠군요. 아, 이럴 수가! 두 분도 그렇게 생각하십니까? 전 아닙니다. 정말 미쳐 버릴 것 같군요."

그는 온몸을 떨며 방 안을 서성거렸습니다.

"걱정하지 마십시오, 숄토 씨! 우선은 마차를 타고 경찰서로 가세요. 그리고 사건을 접수하고 경찰에게 수사를 맡기시지요. 저희는 여기서 기다리고 있겠습니다."

홈즈가 그의 어깨에 손을 올리며 다정하게 말했습니다.

새디어스 숄토는 비틀거리며 방 안을 나갔습니다. 곧이어 힘겹게 계단을 내려가는 그의 발소리가 점점 멀어졌습니다.

셜록 홈즈의 현장 조사

"왓슨, 삼십 분 정도 여유가 생겼어. 난 사건을 대강 파악했네. 하지만 아직은 더 두고 봐야겠지. 단순한 사건 같지만 다른 비밀이 있을 수도 있어."

홈즈가 말했습니다.

"단순하다고!"

내가 외쳤습니다.

"아주 단순해. 자네 발자국이 단서를 지울 수도 있으니 조심하게. 자, 그럼 시작하겠네. 첫째, 범인은 어떻게 들어왔을까? 방문은 잠겼으니 창문으로 왔을까?"

홈즈는 창가로 다가가 램프 불을 비추며 말했습니다.

"창문도 안에서 굳게 잠겨 있군. 창틀도 단단해. 지붕은 꽤 멀리 떨어져 있어. 그런데 누군가 이리로 들어왔단 말이지. 그러고 보니 어젯밤에 비가 내렸지. 창틀에 난 진흙 발자국이 보이는가? 여기 바닥과 테이블 옆에도 있군."

홈즈가 말한 대로 둥근 모양의 진흙 자국이 여기저기 흩어져 있었습니다.

"그런데 이게 발자국이란 말인가?"

"그래, 정확히 말하면 이건 의족 자국이야. 창틀에는 구두 자국이 있어. 커다란 징을 박은 구두 말일세. 그리고 그 옆에 있는 자국은 의족이라네."

"의족이라……."

"그래, 그리고 한 사람이 더 있어. 아주 날렵한 사람이지."

나는 홈즈를 따라 달빛이 비추는 창 아래를 내려다보았습니다. 바닥까지 18미터 정도 되어 보이는 높이로 외벽에는 발 디딜 틈이 한 군데도 보이지 않았습니다.

"공범이 이 밧줄을 저쪽 벽의 못에 묶어 주면 의족을 한 남자도 올라올 수 있지. 내려갈 때도 같은 방법을 썼을 거야. 그런 뒤에 밧줄을 올려 정리해 두고 창문을 닫아 걸고는 자신이 들어왔던 곳으로 나갔어. 그리고 또……."

홈즈가 밧줄을 집으며 말했습니다.

"의족을 한 사람은 뱃사람이 아니야. 밧줄을 확대경으로 살펴봤더니 핏자국이 있었어. 밧줄을 다루는 데 서툴러서 손바닥을 다친 것이 분명해."

"흠……, 그럼 그 공범은 어떻게 방 안으로 들어왔지?"

"그게 참 흥미롭더군. 그 의문 때문에 이 사건은 아주 특별해졌어. 물론 인도와 세네감비아에서도 비슷한 일이 있긴 했지만 말일세."

"좋아, 홈즈. 말해 보게. 그러니까 어떻게 들어왔을까? 굴뚝이라도 탔단 말인가?"

"이 벽난로는 그러기에 너무 작아."

"그럼 뭐지?"

나는 계속해서 물었습니다.

"자넨 벌써 내 말을 잊었나? 불가능한 걸 하나씩 지워 가면 마지막에 남는 것이 하나 있다네. 그게 바로 정답이야. 방문도, 창문도, 방 안에 숨어 있던 것도 아니라면 대체 무엇이겠나?"

"천장 구멍?"

내가 물었습니다.

"그렇지! 램프를 좀 들어 주겠나? 올라가 봐야겠어."

홈즈는 사다리에 올라 두 손으로 천장을 잡았습니다. 그러고는 마치 체조 선수처럼 몸을 앞뒤로 흔든 뒤 튕기듯 다락방으로 올라갔습니다. 나도 램프를 홈즈에게 건네준 뒤 위로 올라갔습니다.

다락방은 가로 3미터, 세로 2미터쯤 되어 보였습니다. 바닥이 무척 약해서 우리는 들보 사이를 오갈 수밖에 없었습니다. 먼지가 쌓인 그곳에 가구는 보이지 않았습니다.

"여기!"

홈즈가 경사진 벽을 짚으며 말했습니다.

"이 비스듬한 벽을 들어 올리면 평평한 지붕이 나오지. 그는 이곳으로 들어왔던 거야. 단서를 찾아보세."

홈즈가 바닥을 비추는 순간 램프 불에 비친 그의 얼굴이 당황한 표정을 감추지 못했습니다. 바닥에는 작은 발자국이 듬성듬성 찍혀 있었습니다. 선명한 발자국은 성인 남성의 절반밖에 안 되는 크기였지요.

"이럴 수가! 이건 어린아이의 발자국이야!"

내가 놀라서 소리쳤습니다.

"그렇군. 이제 됐으니 그만 내려가세."

다시 침착함을 되찾은 홈즈가 말했습니다.

"어떻게 된 걸까?"

나는 사다리에서 내려오자마자 물었습니다.

“왓슨, 자네도 한번 추리해 보게. 내 추리 방법에 대해서는 잘 알고 있지 않나.”

“아무것도 떠오르지 않는군.”

“어쩌면 단서가 더 남아 있을지도 몰라.”

홈즈는 내 말을 무심히 넘기며 방 안을 조사했습니다. 그는 확대경과 줄자를 들고 방 안을 꼼꼼히 살폈습니다. 만약 그가 명석한 두뇌와 열정을 범죄에 썼다면 얼마나 놀라운 범죄자가 됐을까 하는 우스꽝스러운 생각이 들었습니다. 그는 계속해서 혼잣말을 하며 방 안을 서성이다 갑자기 탄성을 질렀습니다.

“이제 해결의 길이 보이는군. 우린 운이 참 좋아! 공범은 크레오소트(목재의 부패를 막는 데 쓰였던 약품)를 밟았어. 이 액체에 찍힌 발자국이 보이지? 그는 이미 잡힌 거나 다름없어! 특수 훈련견을 이용하면 이런 냄새는 금세 쫓을 수 있지.”

그때 현관에서 시끄러운 소리가 들렸습니다.

“왓슨, 기회가 없어지기 전에 시체를 좀 살펴봐 주게.”

“아주 딱딱하군. 마치 나무토막 같아.”

“바로 그거야. 평범하게 죽은 사람과는 달리 근육이 수축되어 있어. 또 얼굴 표정은 어떤가. 마치 옛날 작가들이 말한 ‘히포크라테스의 미소’나 ‘발작적인 웃음’ 같지 않은가?”

“강력한 식물성 알칼로이드! 근육 경련을 유발시키는 스트리크닌 같은 약물이야.”

내가 말했습니다.

“그렇다네. 자네가 아까 검은 가시를 빼냈지. 독은 그 가시를 통해 몸으로 들어갔어. 의자에 앉아 있었다면 침을 쏜 방향은 천장 구멍으로 향하지. 침을 한번 보게.”

나는 침을 램프 불에 비춰 보았습니다. 침은 날카롭고 뾰족했습니다. 그 끝에는 끈적이는 물질이 말라붙어 있었지요.

“영국산일까?”

홈즈가 물었습니다.

“아니야.”

“그렇군. 이제 단서도 충분하니 자네도 추리할 수 있겠지? 이제 이 자리를 넘겨줄 시간이 왔군.”

그때 잿빛 옷을 입은 남자가 방 안으로 들어왔습니다. 남자는 덩치는 컸지만 눈은 작았습니다. 뒤에는 형사복 차림을 한 사람과 새디어스 숄토가 서 있었습니다.

“여기가 사건 현장이군.”

남자가 가라앉은 목소리로 말했습니다.

“방 안에 사람이 왜 이리 많아. 꼭 토끼 굴 같잖아.”

"오랜만이군요, 애설니 존스 씨!"

홈즈가 상냥하게 인사했습니다.

"아니, 홈즈 씨 아닙니까? 비숍 게이트 보석 사건 때 만났었지요? 추리 때문이라기보다는 운이 좋아 잘 풀린 사건이었죠."

"아주 단순한 추리로 푼 사건이었습니다."

"하하, 그렇지 않아요. 인정할 건 인정하셔야지요. 그건 그렇고, 이번 사건은 아주 끔찍하군요. 추리 이론 따위로 통할 리도 없어 보이고요. 홈즈 선생은 이 사건을 어떻게 보셨습니까?"

"말씀처럼 추리가 끼어들 일은 없어 보이는군요."

홈즈가 매섭게 쏘아붙였습니다.

"무슨 말씀을 그리 섭섭하게 하십니까? 선생이 사건의 핵심을 꿰뚫는 놀라운 능력이 있다는 건 우리 모두가 인정하지 않습니까. 자, 방문이 잠긴 방에서 50만 파운드 상당의 보석이 사라졌습니다. 창문은 어떤 상태였지요?"

"닫혀 있었지만 창틀에 발자국이 남아 있었습니다."

"창문이 닫혀 있었다면 발자국은 아무 연관이 없겠네요. 저 사람은 심장 발작으로 죽었을지도 모르고요. 그리고 보석이 사라진 건……, 잠시만요. 솔토 씨와 형사는 나가 계셔도 좋습니다. 홈즈 씨의 친구분은 여기 계셔도 괜찮고요. 홈즈 씨! 새디어스 솔토야말로

강력한 용의자이지 않습니까? 어떻게 생각하십니까?”

“죽은 사람이 다시 살아나 문을 잠갔다는 말씀입니까?”

“그렇지만 새디어스 숄토는 어젯밤 여기 있었고 형과 말다툼을 벌였습니다. 그리고 형은 죽었고 보석은 사라졌습니다. 게다가 새디어스는 지금 넋이 나가 있습니다.”

“당신은 사건의 실체를 전혀 파악하지 못하고 있군요.”

홈즈가 말했습니다.

“이 가시는 시체 머리에 꽂혀 있던 겁니다. 아직 그 흔적이 남아 있을 테니 확인해 보시지요. 내가 조사해 본 바로 침 끝에는 독이 묻어 있었습니다. 게다가 종이쪽지가 테이블에 놓여 있었지요. 끈으로 묶은 돌망치도 있습니다. 이 모든 걸 어떻게 보십니까?”

“제 눈에도 보입니다. 새디어스라고 독을 사용하지 말란 법이 있습니까? 또 이 집에는 인도에서 가져온 희귀품이 가득합니다. 종이쪽지는 그저 메모에 지나지 않습니다. 그럼 범인이 어떻게 빠져나갔느냐? 저 천장 구멍으로 나갔겠지요.”

애설니 존스는 사다리를 타고 위로 올라갔습니다. 곧이어 탄성이 들리더니 그는 몹시 흥분한 모습으로 사다리를 타고 내려왔습니다.

“추리보다는 사실이 확실하지요. 지붕으로 나가는 창이 반쯤 열려 있더군요.”

“제가 조금 전 열었습니다.”

“선생이 들창을 먼저 찾았군요.”

그는 실망한 투로 말했습니다.

“형사, 숄토 씨를 모셔 오게. 아, 숄토 씨, 당신이 하는 모든 말은 당신에게 불리하게 작용할 수 있습니다. 여왕 폐하의 이름으로 당신을 체포합니다.”

“걱정한 것처럼 결국 이렇게 되었군요. 정말이지 경찰에는 알리고 싶지 않았습니다.”

남자는 원망에 찬 얼굴로 우리를 바라보았습니다.

“혐의는 곧 벗게 될 겁니다. 너무 걱정하지 마세요.”

홈즈가 말했습니다.

“그런 말씀 마십시오. 언제까지 홈즈 씨의 말이 맞아떨어질까요?”

존스가 매섭게 말했습니다.

“존스 씨, 여기 새디어스 씨보다 당신에게 필요한 정보를 하나 주겠습니다. 어제 이 집에 들어온 두 사람 중 한 사람에 대한 이야기입니다. 그의 이름은 조너선 스몰입니다. 키가 작고 민첩하지요. 교육 수준은 낮을 겁니다. 오른쪽 다리에는 심하게 닳은 의족을 차고 있지요. 왼쪽에는 징이 박힌 구두를 신었습니다. 이미 전과가 있고 얼굴은 검게 탔지요. 나이도 어느 정도 있습니다. 손바닥 피부는 벗겨

져 있을 거고요. 또 다른 남자는……."

"뭐요? 또 다른 남자?"

애설니 존스는 노골적으로 비웃으며 말했습니다. 하지만 홈즈의 말을 듣는 동안 그는 차분했고 때론 순진해 보이기까지 했습니다.

"아주 흥미로운 사람입니다. 조만간 모두가 만날 수 있을 겁니다. 그리고 왓슨, 잠깐 할 말이 있어."

나를 계단으로 이끈 홈즈가 작은 목소리로 말했습니다.

"살인 사건 때문에 정작 중요한 일을 잊고 있었네."

"모스턴 양 말이지? 나도 방금 그 생각을 했네. 그녀를 어떻게 하는 것이 좋을까?"

"모스턴 양을 세실 포레스터 부인 댁으로 모셔다 드리게. 여기서 그리 멀지는 않아. 자네가 다시 오겠다면 여기서 기다리지."

"그래, 나도 이 괴상한 사건이 몹시 궁금하군. 꼭 끝까지 지켜보고 싶네."

"다시 온다면 나야 고맙지. 경찰 수사는 무시하고 우리 식대로 하세. 모스턴 양을 데려다 주고 램베스 근처 핀친 3번 가로 가게. 오른쪽 세 번째 집에 박제 새를 파는 가게가 있어. 거기서 셔먼을 찾게. 그에게 내 이름을 말하고 토비를 데려오게."

"토비는 개를 말하는 건가?"

“그래, 아주 기가 막히게 냄새를 잘 맡지. 런던 시내에 있는 모든 경찰을 합쳐도 토비보다 못할 거야.”

“알겠네. 지금이 한 시니까 세 시 전까지 돌아오겠네.”

“난 그동안 번스턴 부인과 이야기를 나누어 봐야겠어. 또 인도인 하인도 만나 보고……. 그 뒤에는 존스의 헛소리를 들어 줄 생각이네. 괴테가 말했지. ‘사람들은 자기가 이해하지 못하는 것들을 경멸한다.’라고 말이지.”

범인의 흔적을 좇아서

모스턴 양과 나는 경찰들이 타고 온 마차를 타고 캠버웰로 향했습니다. 아름다우면서도 현명한 그녀는 끔찍한 사건 속에서도 흔들리지 않는 모습을 보였습니다. 하지만 마차에 오르자 흐느끼기 시작했지요. 그날 밤은 분명 그녀에게 힘든 시간이었을 것입니다.

하지만 나 역시 힘든 고민을 하고 있었습니다. 정원에서 엉겁결에 그녀의 손을 잡은 후 내 마음은 이미 그녀를 향해 있었습니다. 긴 시간을 만났다 해도 오늘 밤처럼 그녀의 사랑스러움과 용감함을 느낄 수 있었을까요? 하지만 나는 아무런 말도 할 수 없었습니다.

그녀는 무척 불안정한 상태였습니다. 그런 그녀에게 사랑을 표현

하는 건 말도 안 되는 일이었습니다. 게다가 그녀는 이제 부자가 될 터였습니다. 그러니 고작 군의관 출신인 내가 고백을 하는 건, 스스로의 명예를 깎는 일처럼 느껴졌지요. 그녀가 혹시 나를 돈을 탐내는 남자로 생각하지 않게 하기 위해서라도 더욱 그녀를 단념해야 했습니다.

세실 포레스터 부인 댁에 도착한 시각은 두 시였습니다. 하인들은 모두 잠들었지만 포레스터 부인은 모스턴을 기다리고 있었습니다. 부인은 품위가 있는 여인으로 마치 어머니처럼 모스턴을 맞아 주었습니다. 그녀는 단순한 가정 교사가 아니라 사랑받고 존중받는 한 식구였습니다.

포레스터 부인은 늦은 시간임에도 불구하고 나를 반갑게 맞이해 주었습니다. 그러나 나는 홈즈와의 약속을 지키기 위해 집을 나와야만 했습니다. 나는 달리는 마차 안에서 뒤를 돌아보았습니다. 현관 앞에는 아직도 두 여인이 서 있었습니다. 환히 열린 문과 바깥으로 새어 나오는 따뜻한 불빛. 살해 현장을 본 지 얼마 되지 않았지만, 평온한 가정을 보자 마음 한구석이 따뜻해지는 것을 느꼈습니다.

정말이지 끔찍한 사건이라고 생각하며 나는 사건의 정황을 순서대로 떠올려 보았습니다. 모스턴 대위의 죽음, 육 년 동안 매년 도착한 진주, 신문 광고 그리고 급하게 휘갈겨 쓴 편지……. 그리고 이것들은 공포스럽고 풀기 어려운 수수께끼 사건을 불러왔지요. 인도에서 가져온 보물들, 모스턴 대위의 기이한 도면, 숄토 소령의 죽음, 되찾은 보물들과 비극적인 죽음, 처참한 범죄 현장과 발자국들, 이상한 무기 그리고 모스턴 대위의 도면에 적힌 것과 같은 글귀. 이 모든 것을 대체 어떻게 이해하고 설명해야 할까요? 내 친구 홈즈 외에는 풀 수 없는 수수께끼가 분명했습니다.

핀친 가는 램베스 아래쪽으로 즐비하게 늘어선 2층집 거리에 있었습니다. 세 번째 집을 찾아 문을 두드렸지만 아무런 기척이 없었습니다. 그런데 잠시 뒤, 덧문 뒤에서 촛불이 비치더니 검은 얼굴이 보였습니다.

"망할 주정뱅이! 어서 꺼져!"

그가 말을 이었습니다.

"더 행패를 부리면 개장을 열어 버릴 거야. 마흔세 마리 개 떼한테 물려 죽고 싶어?"

"한 마리만 부탁드립니다. 그래서 왔습니다."

"뭐라고 떠드는 거야? 당장 내 앞에서 사라져!"

"그게 아니라 정말로 개가 필요해서 왔습니다."

"당장 꺼지지 않으면 이 대걸레로 얼굴을 뭉개 주겠어!"

"셜록 홈즈를 아시죠?"

나는 큰 목소리로 말했습니다. 그러자 바로 빗장이 올라가며 현관 문이 활짝 열렸습니다.

"오, 홈즈 씨 친구라면 대환영이지!"

노인이 말을 이었습니다.

"어서 들어와. 그런데 저기 오소리 근처는 얼씬도 하지 마시우. 한 순간에 콱 무니까! 아, 저건 도마뱀인데 송곳니가 없어서 그냥 방 안 에 놔두고 있지. 아까는 놀랬지? 귀찮게 하는 놈들이 많아서 말이 야. 게다가 밤이 되면 더 심해. 그런데 셜록 홈즈의 소개를 받고 왔 다고? 무슨 일인데?"

"토비를 데리러 왔습니다."

"토비는 왼쪽 7호 우리에 있다우."

노인은 동물 철장 사이로 걸어갔습니다. 푸른 불빛 아래로 동물들 의 눈동자가 보였습니다. 토비는 스패니얼과 러처의 잡종으로 귀가 축 늘어져 있었고 털이 북슬북슬했습니다. 흰색과 갈색이 섞인 털은 보기 흉했고 걷는 모습도 이상했습니다.

노인이 준 각설탕을 토비에게 던져 주자 꼬리를 치며 나를 따랐습 니다. 나는 무리 없이 토비를 마차에 태울 수 있었고 약속된 세 시까 지 폰디체리 저택에 도착할 수 있었습니다.

살해 현장에서는 상황이 긴급하게 진행된 듯 했습니다. 이미 맥머도가 공범으로 지목되어 새디어스 숄토와 함께 붙잡혀간 뒤였습니다. 홈즈는 현관 돌계단에 서서 담배를 피우고 있었습니다.

"어서 오게."

그는 우리를 반갑게 맞아 주었습니다.

"애설니 존스는 돌아갔어, 새디어스와 경비원, 가정부, 인도인 하인까지 모두 데려갔지. 2층에 경관이 한 명 있네. 개는 여기에 두고 잠깐 올라가지."

우리는 토비의 목줄을 테이블에 묶어 놓고 위층으로 올라갔습니다. 시체에 흰 천이 덮여 있을 뿐 현장 모습은 아까와 같았습니다.

"형사님, 잠깐 그 램프 좀 주시겠습니까?"

홈즈가 계속 말을 이었습니다.

"왓슨, 이 램프가 목걸이처럼 늘어지도록 내 목에 잘 묶어 주게. 난 구두와 양말을 벗고 지붕 위로 올라가야겠어. 그리고 내 손수건은 크레오소트에 담가 주게. 그럼 함께 올라가 볼까?"

우리는 구멍 위로 기어 올라갔습니다. 홈즈는 먼지에 찍힌 발자국을 자세히 살펴보았습니다.

"왓슨, 이 발자국 모양이 좀 이상하지 않나?"

"분명 어린아이나 여자의 발자국 같아."

"음……, 그보다 여기 오른쪽 발자국을 봐. 내가 그 옆에 발자국을 새로 찍어 보겠네. 어떤가?”

“자네 발가락은 다 붙어 있는데, 여기 이 발가락은 사이가 벌어져 있군.”

“맞아, 그걸 잘 기억해 두게. 그리고 들창을 열고 냄새를 한번 맡아 보겠나?”

“타르 냄새가 나는군.”

“그래, 방을 빠져나가면서 거길 밟았을 거야. 자네가 맡을 정도라면 토비를 데려와야 되겠어. 자, 이제 토비를 풀어 주고 우리는 구경만 하면 되겠군.”

내가 정원으로 나왔을 때 홈즈는 지붕 위에 있었습니다. 그의 모습이 마치 거대한 반딧불처럼 보였지요. 그는 굴뚝 뒤로 숨었다가 반대편으로 사라졌습니다. 그러더니 건물 모퉁이 지붕 끝에 앉았습니다.

“왓슨!”

홈즈가 소리쳤습니다.

“그래, 난 여기 있네.”

“거기 그 거뭇한 게 뭐지?”

“물통일세.”

“뚜껑이 덮여 있나?”

“닫혀 있네.”

“사다리는 없나?”

“없어.”

“이런 망할 녀석! 아주 위험한 곳을 택했군. 하지만 나라고 못 할 리 없지. 다행히 배수관은 단단한 것 같군.”

잠시 동안 다리를 끌며 걷는 소리가 들리더니 램프가 벽을 타고 내려왔습니다. 곧이어 홈즈는 물통에 발을 딛고 무사히 내려올 수 있었습니다.

“음, 이렇게 된 거였군.”

홈즈는 발을 털고 양말과 신발을 다시 신었습니다.

“녀석이 밟은 기왓장마다 헐거워 들썩거리더군. 그리고 이걸 떨어뜨렸지.”

홈즈는 싸구려 구슬로 장식된 작은 주머니를 보여 주었습니다. 담뱃갑처럼 보였지만 안에는 검은 나무 침이 여섯 개쯤 들어 있었습니다. 바솔로뮤 숄토의 머리에 꽂힌 그 가시였습니다.

“조심해서 만지게. 이걸 찾아 정말 다행이야. 그 녀석이 가진 유일한 무기를 빼앗은 걸지도 모르지. 자, 이제부터 몇 킬로미터쯤 걸어야 하는데 괜찮겠나, 왓슨?”

“그럼.”

“자네 다리에 무리가 없겠나?”

“물론이지.”

“토비! 이리 와 보렴.”

홈즈가 크레오소트를 적신 손수건을 토비의 코에 댔습니다. 그러자 개는 고개를 갸우뚱했습니다. 홈즈는 손수건을 멀리 던져 놓고 토비를 다시 물통 옆으로 데려갔습니다. 개는 사납게 짖으며 냄새를 따라 뛰기 시작했습니다. 어찌나 목줄을 세게 당겼던지 우리도 토비를 따라 황급히 뛰어갔습니다.

어느새 동이 트고 있었습니다. 음산한 기운을 지닌 저택은 여전히 높은 벽과 검은 창을 드러낸 채 우뚝 솟아 있었습니다.

개는 구덩이를 피해 재빠르게 정원을 가로질렀습니다. 그러더니 담 앞에 멈춰 섰습니다. 너도밤나무 그늘 구석으로 담과 담이 만나는 부분에 벽돌이 몇 장 비어 있어 사람이 몰래 올라 다닌 흔적이 보였습니다. 홈즈는 담벼락을 타고 넘어가서는 개를 받은 뒤, 다시 바깥쪽에 풀어 놓았습니다.

“흰 석회 위에 핏자국이 보이는군. 의족을 한 남자의 것이야. 스물여덟 시간 정도가 지났지만 길에 아직 냄새가 남아 있을 거야.”

토비가 코를 바닥에 대고 킁킁거리며 앞서 갔습니다.

“왓슨, 사건을 해결할 단서는 아직 많지만 크레오소트라는 단서

때문에 싱겁게 끝나 버리는군. 이 단서가 없었다면 추리는 꽤 재미있어졌을 텐데. 물론 내 명성도 높아졌을 테고.”

“그건 이미 충분하다네. 홈즈, 난 이번 사건이 제퍼슨 호프 사건 때보다 더 놀라워. 내겐 이 사건이 더 어렵게 느껴지거든. 의족을 한 남자에 대해서는 어떻게 그런 확신을 가질 수 있지?”

“단순해. 복잡한 문제를 쉽게 푸는 척할 생각은 없다네. 이건 명백하니까. 죄수 수용소 경비대 소속 장교 두 사람이 보물에 대한 정보를 알게 되었네. 그래서 조너선 스몰이라는 영국인이 도면을 그려 주었지. 모스턴 대위의 쪽지에서 그 이름을 본 기억이 나지? 그는 그 일을 함께 꾸민 사람들의 이름을 옮기고서 ‘네 개의 서명’이라고 적어 넣었어. 이후 장교 둘이서 아니면 그중 한 명이 보물을 찾아 영국으로 돌아왔지. 조너선 스몰은 직접 보물을 찾아 나서지 않았어. 왜였을까? 그와 그들의 공범은 죄수였던 거야. 그들 사이에는 우리가 모르는 어떤 약속이 있었을 걸세.”

“그건 어디까지나 추측이지 않나.”

내가 말했습니다.

“이 가설이 없다면 사실을 향해 나갈 수 없어. 그럼 이 가설이 얼마나 잘 맞아떨어지는지 살펴보세. 숄토 소령은 혼자 보물을 차지한 뒤 호사스럽게 살았어. 그런데 어느 날, 인도에서 도착한 편지를 보고 공포에 사로잡혔지. 편지는 무슨 내용이었겠나?"

"소령이 배신한 죄수가 석방된 게로군!"

"탈출했을지도 몰라. 그럴 가능성이 더 크지. 소령은 죄수들의 형기를 꿰고 있었을 테니 석방 소식에 놀라지는 않았을 거야. 소령은 의족을 한 사내를 경계했어. 그는 분명 백인이야. 왜냐하면 소령은 전에 백인 남자를 그로 오인해서 총을 쏜 적이 있으니까. 도면에 적힌 이름을 보면 다른 세 사람은 인도인이거나 이슬람교도야. 백인 이름은 조너선 스몰뿐이니 의족을 한 남자는 그야."

"아주 명쾌하군."

"조너선 스몰이 잉글랜드에 돌아온 이유는 두 가지로 생각할 수 있다네. 하나는 그의 몫을 받기 위해서이고 또 하나는 복수하기 위해서겠지. 그는 숄토 소령의 집을 알아내 누군가와 내통했을 거야. 바로 랄 라오라는 집사지. 아직 그와 만나지는 못했지만 번스톤 부인의 말을 들어 보니 괜찮은 사람은 아니었던 모양이야.

하지만 스몰은 보물이 숨겨진 곳을 찾지 못했어. 그는 소령의 방에 침입하려 했지만 아버지의 유언을 듣고 있던 아들들 때문에 그러지 못했지. 한밤중에 침실로 들어갔지만 소령은 이미 죽은 후였고 아무것도 찾지 못했어. 그래서 하는 수 없이 다녀갔다는 표시만 남겨 둔 거야. 표시를 남겨 두려는 건 그의 오랜 생각이었겠지. 언젠가 소령을 죽이고 그에 대한 이유를 밖으로 알리고 싶었을 테니까. 서명을 한 네 사람들로서는 소령을 심판하고자 했겠지.”

“그렇군.”

“조너선 스몰은 보물 찾는 걸 포기하지 않았어. 그러던 중 내통자에 의해 보물이 발견되었다는 걸 알게 됐을 테지. 그는 의족을 했으니 바솔로뮤의 방까지 올라갈 수가 없어. 그래서 다른 공범자를 찾은 거야. 하지만 그가 크레오소트를 밟는 바람에 토비가 이곳으로 오게 되었고, 전역한 군의관은 불편한 다리로 10킬로미터나 걷게 되었지.”

“살인범은 스몰이 아니로군!”

“그래, 스몰은 그 때문에 무척 화가 났어. 발자국을 보면 알 수 있지. 하지만 이미 엎질러진 물이니 스몰은 쪽지를 남기고 보물을 들고 떠났어. 여기까지가 내 추리야. 그는 안다만 제도에서 오래 복역한 중년의 사내로 얼굴이 검게 타 있을 거야. 새디어스가 목격한 걸 합치면 그는 수염을 길렀지.”

“그렇다면 대체 공범은 누구지?”

“그것 또한 간단해. 자네도 금방 알게 될 거야. 새벽 공기가 꽤 상쾌하군. 저 작은 구름 조각은 큰 홍학에게서 떨어진 붉은 깃털 같아. 런던 하늘의 구름이 걷히면 곧 태양이 떠오르겠군. 저 태양이 수많은 사람들을 비추셨시만 그중에서 우리처럼 기묘한 사건을 마주한 사람은 없을 거야. 대자연의 위력 앞에서 인간의 꿈과 욕망이란 참으로 허망하지 않나! 자네도 장 파울의 작품을 읽었겠지?”

“물론. 칼라일을 읽으면서 그를 알게 되었다네.”

“시냇물을 거슬러 올라 호수에 다다른 셈이군. 그는 무척 의미 있는 말을 남겼어. ‘한 사람의 위대함은 스스로 미약함을 인식하는 것에서 증명된다.’ 그런 능력을 가진 인간은 위대해. 장 파울의 책에는 풍부한 사상이 들어 있지. 자네, 권총을 가지고 있나?”

홈즈는 리볼버에 총알 두 발을 장전하고는 외투 안주머니에 넣었습니다.

토비는 허름한 주택가를 지나 대도시 외곽으로 우리를 안내했습니다. 이른 시각부터 부둣가는 일꾼들로 넘쳤습니다. 거리의 여인숙들도 이제 막 문을 열고 있었습니다. 토비는 냄새를 향해 코를 벌름거리며 앞으로 나아갔습니다.

우리는 스트레덤, 브릭스턴, 캠버웰을 지나 오벌 동쪽의 케닝턴 가로 향했습니다. 도망친 남자들은 누군가를 따돌리듯 복잡하면서도 은밀한 길을 택했습니다. 큰길과 뒷길이 나오면 늘 뒷길을 택했고, 케닝턴 가 끝에서 다시 본드 가와 마일즈 가로 들어갔습니다. 토비는 마일즈 가에서 나이츠 플레이스로 꺾어지는 골목 앞에 섰습니

다. 그리고 한쪽 귀를 내리고 앞으로 갔다 뒤로 물러나기를 반복했습니다. 다음에는 원을 그리며 자리를 빙글빙글 돌았습니다.

"왜 이러지?"

홈즈가 말했습니다.

"그들이 여기 오래 서 있었던 걸까?"

"아니야, 다시 가는군!"

홈즈가 안심한 목소리로 말했습니다.

그런데 토비가 갑자기 달리기 시작했습니다. 냄새가 더욱 강해지는지 코를 길에 바싹 붙이지 않고도 목줄을 힘껏 당겼습니다.

우리가 도착한 곳은 엘름을 지나서 있는 브로데릭 앤 넬슨 목재 야적장이었습니다. 토비는 미친 듯이 짓더니 쪽문으로 들어갔습니다. 야적장 안에는 일꾼들이 각자 맡은 일을 하고 있었습니다. 개는 목재 사이로 들어가는가 싶더니 곧 손수레에 실린 큰 통을 향해 달려갔습니다. 토비는 통 위에 올라서더니 우리를 보며 마구 짖어 댔습니다. 통과 손수레 바퀴에는 검은 액체가 묻어 있었습니다. 또 사방으로 크레오소트 냄새가 풍겼지요. 홈즈와 나는 당황해서 서로를 쳐다보다가 큰 소리로 웃고 말았습니다.

베이커 가 소년 탐정단

"토비가 함정에 빠졌군."

내가 말했습니다.

"토비는 할 일을 했을 뿐이야."

홈즈가 토비를 통에서 내리고 야적장 밖으로 데려갔습니다.

"런던에서는 하루에도 수많은 크레오소트가 운반되겠지. 그러니 길을 잃은 것도 당연한 일이야. 요즘처럼 목재를 건조시키는 기간에는 더 많은 크레오소트가 쓰일 테니 토비 잘못은 없어."

"이제 어떻게 해야 하지?"

"아까 토비가 주춤했던 곳으로 다시 가 보세. 거기서부터 다시 시작하는 거야. 이번엔 반대 방향으로 가 보세."

토비는 그곳에 가더니 큰 원을 그리며 한 바퀴 놀았습니다. 그러고는 다른 방향으로 우리를 이끌었습니다.

"또 다른 야적장으로 가는 건 아니겠지?"

"그건 아닐 거야. 아까는 차도를 지났지만 지금은 인도로 가고 있어. 토비를 믿어 보게."

홈즈가 말했습니다.

토비는 벨몬트 플레이스와 프린스 가를 차례로 지났습니다. 강변을 따라 브로드 가 끝으로 가더니 작은 선착장으로 향했습니다. 토비는 강물을 향해 코를 킁킁거렸습니다.

"이런. 이곳에서 배를 탄 모양이군."

홈즈가 말했습니다.

우리는 선착장에 서 있는 배에 일일이 토비를 태워 보았습니다. 하지만 토비는 별다른 반응이 없었습니다. 가까이에 나무 간판을 내건 벽돌집이 있었는데 '배를 빌려 드립니다 – 모드케이 스미스'라고 적혀 있었습니다. 간판을 자세히 읽어 보니 증기선도 빌릴 수 있는 모양이었습니다. 홈즈의 낯빛이 어두워졌습니다.

"놈들은 생각보다 민첩하게 움직였군."

그때 여섯 살쯤 된 사내아이가 문을 열고 나왔습니다. 그 뒤로 몸집이 큰 한 여자가 스펀지를 들고 나타났습니다.

“잭! 어서 이리 오지 못해? 얼른 씻자. 그러다 아빠한테 들키면 몽둥이로 맞을 거야.”

여자가 소리쳤습니다. 그러자 홈즈가 아이를 재빨리 불러 세웠습니다.

“잭! 넌 참 귀엽구나. 뭐 갖고 싶은 게 없니?”

아이는 잠시 고민하다가 입을 열었습니다.

“1실링이요.”

“그것보다 더 좋은 건 필요 없어?”

“그럼 2실링 주세요.”

“똑똑하구나. 여기 있다.”

그러자 부인이 나왔습니다.

“고맙습니다. 선생님. 아이가 워낙 개구쟁이예요. 남편이 집을 며칠씩 비울 때면 저 혼자 힘에 부치지요.”

“스미스 부인, 남편은 어디 가셨습니까? 남편께 부탁할 일이 있어 왔습니다.”

홈즈가 실망한 표정으로 물었습니다.

“어제 아침에 나갔는데 아직도 돌아오지 않았어요. 배를 빌리실 거라면 제게 말씀하셔도 돼요.”

“증기선을 빌리고 싶습니다.”

"어쩌죠? 증기선은 남편이 타고 나갔답니다. 실은 그 때문에 저도 걱정하고 있었어요. 증기선에 석탄이 충분하지 않거든요. 손님을 모시고 그레이브센드까지 갔답니다."

"석탄이라면 그쪽 선착장에서도 구할 수 있을 겁니다."

"하지만 남편은 바가지를 씌운다며 그쪽 석탄을 사지 않거든요. 더군다나 의족을 한 상인도 마음에 걸려요. 가끔 우리 집에 찾아와 말썽을 부리거든요."

"의족이요?"

홈즈가 날카롭게 물었습니다.

"네, 생김새도 흉하고 말도 험상궂게 하지요. 햇볕에 검게 탄 얼굴이 꼭 원숭이같이 생겼는데 어제도 남편을 불러내더군요. 남편은 증기선에 시동을 걸어 놓고 그를 기다리고 있었어요. 정말 신경 쓰이네요."

"스미스 부인, 걱정하지 않으셔도 될 겁니다. 그런데 어젯밤 찾아온 사람이 의족을 한 사람이 맞나요? 확실한가요?"

"네, 그럼요. 그 사람은 목소리가 독특해요. 그래서 헷갈릴 수가 없지요. 세 시쯤 됐었나? '얼른 일어나 친구, 지금 가야 하네!' 하고 외치더군요. 남편은 큰아들 짐과 함께 나갔어요."

"그 사람은 혼자 왔나요?"

"그건 잘 모르겠어요."

"아무튼 안타깝군요. 이 댁 증기선이 빠르다고 들었거든요. 배 이름이 뭐였지요?"

"오로라 호요."

"아, 그렇죠. 굵은 노란 띠가 그려진 초록색 증기선이었죠?"

"아뇨. 얼마 전에 손질하면서 칠도 새로 했죠. 검은 바탕에 빨간 두 줄이 나 있어요."

"감사합니다, 부인. 그리고 너무 걱정하지 마세요. 제가 혹시 오로라 호를 보면 남편분께 부인이 걱정한다고 전해 드리겠습니다. 참 굴뚝이 검은색이었던가요?"

"검은 바탕에 흰 띠요."

"아, 참 그렇지요. 스미스 부인. 그럼 저희는 이만 가 보겠습니다. 왓슨, 저 나룻배를 타고 강을 건너세."

배가 출발하자마자 홈즈가 말했습니다.

"저런 사람들을 상대할 때는 대충 듣는 척을 해야 해. 그래야만 경계심을 풀고 말을 하지."

"그래, 아무튼 우리가 할 일은 분명해졌군."

내가 말했습니다.

"그게 뭐라고 생각하나?"

"증기선을 빌려 오로라 호를 쫓아가야지."

"그건 쉽지 않다네. 그 배는 그리니치로 가는 길목에 있을 거야. 다리를 지나면 선착장이 수도 없이 많아. 그걸 모두 조사하려면 며칠로는 부족할 걸세."

"그럼 경찰을 부를까?"

"아니. 이왕 여기까지 왔으니 내 힘으로 해결하고 싶네. 그래도 안 되면 그때 애설니 존스를 불러도 늦지 않아."

"선착장 관리자들에게 도와 달라고 하면 어떨까?"

"그것도 안 돼. 추적당하는 걸 알면 그들은 외국으로 숨어 버릴 거야. 지금도 충분히 그럴 수 있겠지만, 아직은 어딘가에서 편하게 있겠지. 그래서 존스가 필요한 거야. 그 덕분에 신문에는 경찰이 얼마나 헛다리를 짚는지가 구체적으로 발표될 테니 말이야. 그들은 마음을 푹 놓고 있을 걸세."

우리는 나룻배에서 내려 밀뱅크 교도소 쪽으로 걸어갔습니다.

"마차를 타고 집으로 돌아가세. 아침도 먹고 잠을 좀 자 두는 게 좋겠어. 오늘 밤에도 이렇게 걸으며 고생을 해야 할 것 같으니까. 토비도 데려가는 게 좋겠네."

홈즈와 나는 우체국에 들러 전보를 쳤습니다. 그리고 우리는 마차에 올랐습니다.

"베이커 가 소년 탐정단을 기억하지? 제퍼슨 호프 사건 때 활약한 아이들 말일세."

홈즈가 생기를 띠며 말했습니다.

"당연하지."

내가 대답했습니다.

"이번에도 그 아이들의 도움을 받을 거야. 만약 실패하면 그때 가서 다른 방법을 생각하면 돼. 대장인 위긴스는 전보를 받는 즉시 소년들을 데리고 우리 하숙집으로 들이닥칠 걸세."

어느새 아침 아홉 시가 되어 있었습니다. 어찌나 긴장과 흥분을 했던지 정신은 혼미했고 몸은 지쳐 있었습니다. 나는 홈즈만큼 직업 의식도 없었고 사건을 판단할 능력도 없었습니다. 바솔로뮤 숄토의 죽음에 대해서도 그에 대해 좋은 감정이 없었던 탓인지 별 생각이 없었습니다.

하지만 보물 이야기는 사정이 달랐습니다. 그건 원래 모스턴에게 돌아가야 할 몫이었고 그것을 되찾아 주기 위해서라면 나는 무엇이든 할 수 있었습니다. 모스턴이 보물을 받으면 그녀와 나는 영영 멀어질지도 모르지만 나의 사랑은 그깟 자존심보다 깊었습니다. 홈즈가 사건을 위해 거는 열정만큼이나 내게는 보물을 찾아야 할 이유가 분명해졌습니다.

집에 돌아와 목욕을 하니 한결 몸이 가벼웠습니다. 식탁에는 아침 식사가 차려져 있었고 조간신문이 접혀 있었습니다.

"존스 형사와 겁 없는 신문 기자가 이런 기사를 냈어."

홈즈가 웃으며 말했습니다.

나는 신문을 펼쳤습니다. 〈스탠다드〉에 '어퍼 노우드 괴사건'이라는 제목의 기사가 실려 있었습니다.

어젯밤 열두 시경, 어퍼 노우드의 폰디체리 저택에서 집주인 바솔로뮤 숄토가 죽은 채 발견되었다. 특별한 외상은 없었으며 집 안에 있던 진귀한 인도 보석들이 도난당했다. 현장을 처음 목격한 사람은 동생 새디어스 숄토 그리고 셜록 홈즈와 왓슨 박사였다.

실력 있고 명성 높은 런던 경찰청의 애설니 존스는 사건 접수 삼십 분 만에 현장에 도착해 새디어스 숄토와 가정부 번스톤 부인, 집사 랄 라오 그리고 경비원 맥머도를 체포했다. 그동안 여러 사건을 통해 뛰어난 수사력을 인정받은 존스는 이번에도 능력을 발휘하여 지붕 들창에서 침입 흔적을 발견했다.

존스 형사의 지휘 아래 현재 수사는 신속하게 이뤄지고 있다. 이번 사건을 통해 영국 경찰력과 수사력의 우수성은 다시 한 번 확인되었다.

“정말 놀라운 기사지?”

홈즈가 커피를 따르며 말했습니다.

“우리도 체포당할 뻔했는데?”

“맞아. 존스가 한 번 더 헛다리를 짚으면 우리까지도 끌려갈지 모르지.”

그때 벨이 울리더니 허드슨 부인의 목소리가 들렸습니다.

“어이쿠, 이거 정말 우릴 잡으러 왔나 보군.”

나는 자리에서 일어섰습니다.

“베이커 가 소년 탐정단이야!”

홈즈의 말이 끝나기가 무섭게 현관과 복도에서 우당탕탕 하는 소리가 들리더니 거지 복장을 한 열두 소년이 방 안으로 들어왔습니다. 그중 가장 키가 큰 소년이 앞으로 나왔습니다.

“선생님, 전보를 받자마자 전원 소집했습니다. 차비는 3실링 6펜스입니다.”

소년이 말했습니다.

“위긴스, 우선 차비 몫으로 이걸 받아라. 그리고 앞으로 지시는 너에게만 내릴 테니 다음부터는 모두 들어오지 않아도 좋아. 그럼 오늘 할 일을 말하겠다. 바로 증기선 오로라 호를 찾는 것이 너희들이 할 일이다. 모드케이 스미스의 배로 배의 몸체는 검은 바탕에 빨간

줄이 두 개, 굴뚝은 검은 바탕에 흰 띠가 둘러져 있다. 템스 강 어딘가에 있을 거야. 한 사람은 모드케이 스미스 선착장에서 증기선이 돌아오는지 감시하고 나머지 대원은 둘로 나뉘어 양쪽 강가를 살필 것! 이상이다."

"네! 알겠습니다."

소년 탐정 대장 위긴스가 큰 소리로 대답했습니다.

"보수는 지난번과 같다. 배를 발견한 대원에게는 1기니를 더 주겠다. 하루치는 미리 주겠다. 그럼 출동!"

소년들은 1실링씩을 받고서 우르르 계단을 내려갔습니다..

"증기선이 강가에 있다면 찾는 건 시간문제야. 우린 그때까지 여기서 기다리는 것이 좋겠어. 모드케이 스미스나 증기선을 찾아야 다음 단계로 넘어갈 수 있을 테니까."

홈즈는 자리에서 일어나 담배에 불을 붙였습니다.

"토비에게는 남은 음식을 주면 되겠군. 홈즈, 좀 자겠나?"

"아니. 난 피곤하지 않아. 일에 몰두할 때면 더욱 에너지가 넘치지. 난 다른 문제를 더 생각해 봐야겠네."

"공범 얘기로군."

"그래, 자네도 나름대로 생각해 보게. 작은 발자국, 맨발, 돌망치, 날렵한 몸, 독침. 과연 이것들은 무엇일까?"

"인도인이 아닐까? 조너선 스몰의 동료."

"글쎄, 괴상한 무기를 보고 그런 생각을 하긴 했지. 하지만 발자국을 보면 아니야. 인도인은 발이 길고 볼이 좁지. 이슬람교도는 샌들을 신으니 엄지발가락과 다른 발가락이 떨어져 있고. 독침은 빨대처럼 생긴 대롱으로 불었을 거야."

"그럼 남아메리카인?"

내가 대답했습니다.

"이건 최신판 지명 사전이야. 한번 읽어 보게."

홈즈가 두툼한 책 한 권을 펼치며 말을 이었습니다.

"안다만 제도, 수마트라 북방 547킬로미터 벵골 만에 위치. 다습한 기후, 상어, 산호초, 죄수 수용소, 미루나무 등등. 아, 이거야! 안다만 제도의 원주민들은 세계에서 가장 작은 종족으로 추정된다. 평균 신장은 120센티미터로 성격은 흉악하고 사납지만 한번 우정을 맺으면 신뢰를 중요하게 여기는 부족이다. 큰 머리에 작고 째진 눈, 비틀린 얼굴, 작은 손과 발이 특징. 사람에게 독침 공격을 하며 사냥 뒤에는 식인 잔치를 벌임. 왓슨, 내 말을 듣고 있나? 정말 대단한 부족이군. 이러니 조너선 스몰은 원주민을 감당하지 못했을 거야."

"그런데 스몰은 이 원주민을 어떻게 알게 됐을까?"

"지금으로선 알 수 없지. 하지만 안다만 제도에서 도망칠 정도니 그리 어려운 일도 아니었을 거야. 왓슨, 지쳐 보이는데 그만 쉬게."

홈즈는 바이올린 즉흥곡을 연주하기 시작했습니다. 그의 연주 소리를 들으니 잔잔한 바닷가에 있는 듯 곧 편안해졌습니다. 나는 이내 모스턴의 아름다운 얼굴을 떠올리며 깊은 잠에 빠져들었습니다.

홈즈의 초조한 기다림

내가 깨어났을 때 홈즈는 같은 자리에서 책을 읽고 있었습니다. 깊이 잠들었던 탓에 오후가 다 되어 있었습니다.

"잘 잤나? 말소리에 깰까 봐 걱정했네."

홈즈가 말했습니다.

"아, 그랬나? 전혀 못 들었어. 소식은 좀 있었나?"

내가 물었습니다.

"아쉽게도 아무것도 없다네. 나로서도 조금은 실망스럽군. 이 시간이라면 어느 정도 진척이 있어야 하는데 말이지. 방금 위긴스가 다녀갔어. 아직 증기선을 찾지 못했다는군."

"내가 도울 일이 없겠나? 잠을 푹 잤더니 컨디션이 최고야. 오늘 밤에는 너 먼 곳까지도 갈 수 있을 것 같다네.”

“음, 아직은 일러. 지금은 기다리는 것 외에 달리 할 일이 없네. 나는 여기에서 계속 다음 보고를 기다릴 생각이야. 자네도 볼일이 있다면 다녀오게.”

“그럼 난 세실 포레스터 부인 댁에 다녀오겠네. 어제 다시 가서 뵙기로 약속을 드렸거든.”

“세실 포레스터 부인 댁?”

홈즈가 눈을 찡긋거리며 웃었습니다.

“모스턴 양도 만나 봐야지. 사건 이야기도 전해 주고.”

“하지만 너무 많은 이야기는 하지 않는 게 좋아. 난 여자들을 믿지 않는다네. 아무리 훌륭한 여성이라도.”

나는 홈즈의 말에 반박할 시간이 없었습니다.

“금방 돌아올 거야.”

“그럼 행운을 비네. 참! 가는 길에 토비를 데려다 주겠나. 이제 녀석의 임무는 끝난 듯싶네.”

나는 핀친 가로 가서 반 파운드 가량의 금화와 함께 토비를 돌려 주었습니다.

캠버웰에 도착하니 모스턴은 어제의 모험으로 지쳐 보였습니다. 하지만 사건에 대한 이야기는 열심히 들었습니다. 포레스터 부인도 함께였지요. 나는 끔찍한 부분은 뺀 나머지만 들려주었습니다. 바솔로뮤 솔토의 죽음에 대해서도 마찬가지였습니다. 그러나 두 여인은 놀라움에 입을 다물지 못했습니다.

"모두 소설에나 나올 법한 이야기로군요. 진귀한 보물들, 흉악한 식인종, 의족을 한 범인은 전설 속의 용이나 사악한 악령 이야기보다 훨씬 재미있어요."

포레스트 부인이 말했습니다.

"게다가 멋진 두 기사가 사건을 해결하고 있고요."

모스턴이 내 눈을 바라보며 말했습니다.

"메리, 앞으로 엄청난 부자가 될지도 모르는데 넌 마치 남의 이야기처럼 듣는구나. 한번 생각해 보렴! 호화스러운 상류층의 생활을 말이야."

하지만 모스턴은 별다른 반응을 보이지 않았습니다. 나는 그녀의 표정에 큰 안도감을 느꼈습니다.

"새디어스 숄토 씨는 어찌 되었죠? 그분은 정말 좋은 분이세요. 그런데 지금 너무나 끔찍하고 억울한 상황에 처했어요."

모스턴이 말했습니다.

내가 베이커 가로 돌아왔을 때는 이미 날이 어두워져 있었습니다. 홈즈는 보이지 않고 주인 없는 빈 거실에는 책과 파이프만 남겨져 있었습니다.

"홈즈는 어디 갔나요?"

허드슨 부인에게 묻자 그녀가 매우 걱정스러운 표정으로 말했습니다.

"방에 계실 거예요. 그런데 왓슨 선생님, 홈즈 씨는 괜찮으신가요? 걱정이 되네요."

"네?"

"선생님이 외출하신 뒤부터 어찌나 서성거리던지……. 중얼거리는 소리도 났고요. 벨이 울릴 때마다 층계까지 나오셨답니다. 아까는 진정제를 좀 드릴까 해서 올라갔더니 저를 묘한 눈빛으로 쳐다보시기에 겁이 나서 그만 나왔답니다."

"걱정 마세요. 괜찮을 겁니다. 지금 해결하고 있는 사건에 너무 빠져서 예민해졌을 뿐이에요."

나는 허드슨 부인에게 대충 둘러댔습니다. 하지만 홈즈의 신경이 얼마나 날카로워졌는지 또 그가 얼마나 불안정한 상태에 있었는지는 알 수 없었습니다.

다음 날 아침, 그는 무척 수척해진 모습으로 테이블에 앞에 앉았습니다.

"홈즈, 자네는 너무 큰 압박을 받고 있어. 밤새 뒤척이는 소리가 나더군."

"한숨도 못 잤다네. 범인도 증기선도 도대체 어디에 있는지 찾을 수 없으니 말이야. 이젠 배에 구멍을 내 가라앉힌 게 아닐까 하는 생각마저 든다네."

"혹시 스미스 부인이 거짓말로 우릴 따돌린 게 아닐까?"

"그건 아니야. 조사해 보니 부인이 설명한 증기선을 본 목격자들이 있었어."

"증기선이 상류 쪽으로 향했다면?"

"그럴 가능성에 대비해 다른 대원들을 리치먼드까지 보냈다네. 만약 오늘까지 소식이 없다면 내가 직접 배를 타고 범인을 잡으러 갈 거야. 물론 보고가 올 거라고 믿네만."

하지만 홈즈의 예상과 달리 위긴스에게서도 다른 대원에게서도 아무런 정보를 얻을 수 없었습니다. 신문에는 노우드 사건이 기사화되었고 대부분은 새디어스 숄토에게 불리한 기사가 실렸습니다.

그날 저녁, 나는 두 여인에게 좀처럼 진척 없는 사건 진행 상황을 알려 주려 캠버웰에 다녀왔는데, 홈즈는 그때까지도 축 처져 있었습니다. 그는 복잡한 화학 실험에 몰두했습니다. 증류기에 온갖 액체를 붓고는 고약한 냄새를 끊임없이 만들어 댔습니다. 그의 실험은 새벽 두세 시까지 이어졌습니다.

나는 잠을 자다가 침대 옆에 서 있는 홈즈를 보고 깜짝 놀랐습니다.

그는 마치 선원처럼 옷을 입고는 목에 빨간 스카프를 두르고 있었습니다.

"왓슨, 내가 직접 강으로 나가야겠어. 이건 마지막 선택이야."

홈즈가 말했습니다.

"나도 함께 갈까?"

"자네는 이곳에 남아 있게. 위긴스가 소식을 가지고 올지도 모르니까. 혹시 편지나 전보가 오거든 잘 처리해 주게."

"알았네."

"단서를 찾는 대로 돌아오겠네."

홈즈는 문을 나섰습니다. 그리고 아침 식사 시간이 될 때까지 아무런 소식이 없었습니다.

〈스탠다드〉에는 새로운 기사가 실렸습니다.

어퍼 노우드 사건이 새로운 상황을 맞이했다. 경찰은 어젯밤 새디어스 숄토와 가정부 번스톤 부인을 석방했다. 경찰은 또 다른 단서를 파악했으며 새디어스는 용의자 혐의를 벗게 되었다. 이외의 사건 진행은 뛰어난 형사 애설니 존스가 맡고 있으니 별일 없이 잘 마무리될 것으로 보인다.

말도 안 되는 엉터리 기사였지만 새디어스 숄토가 석방됐다는 소식은 다행스러웠습니다. 새로운 단서를 파악했다는 건 경찰의 실수를 덮으려는 방법인 듯 했지요. 나는 신문을 접다가 우연히 광고란을 보게 되었습니다.

실종 – 화요일 오전 세 시쯤 증기선 오로라 호에 오른 선주 모드케이 스미스와 그의 아들 짐을 찾고 있음. 배는 검은 바탕에 빨간 두 줄. 굴뚝은 검은 바탕에 흰 띠를 둘렀음. 제보자에게는 5파운드를 드림. 스미스 선착장이나 베이커 가 221B로 연락 바람.

홈즈가 낸 광고임에 틀림없었습니다. 그러나 범인들이 본다면 아내가 찾는 광고로 볼 테니 꽤 괜찮은 생각이었습니다.

시간은 지루하게 흘러갔습니다. 거리의 마차 바퀴 소리나 작은 노크 소리에도 나는 예민해졌습니다.

홈즈의 추리에 오류가 있었던 건 아닐까 하는 생각도 들었습니다. 아무리 뛰어난 추리력을 가졌다고 해도 홈즈도 사람인 이상 잘못된 생각을 할 수 있지 않을까요? 그는 필요 이상의 논리에 깊이 빠져들었고 쉬운 설명도 복잡하게 말했습니다. 그러나 지금까지 홈즈가 실수한 적은 없었습니다. 나 또한 지금까지의 단서를 지켜보았고 홈즈의 추리를 이해하고 있었습니다. 만약 홈즈의 추리가 빗나갔다고 해도 사건의 사실과 크게 다르지는 않을 거라는 생각이 들었습니다.

오후 세 시쯤 날카로운 벨 소리와 함께 방문객이 찾아왔습니다. 놀랍게도 그는 애설니 존스였습니다. 그의 얼굴에는 지난번처럼 거만한 표정이 남아 있지 않았습니다. 오히려 잔뜩 풀이 죽어 불쌍해 보이기까지 했습니다.

"안녕하세요, 셜록 홈즈 씨를 만나러 왔습니다."

그가 말했습니다.

"네. 그런데 지금 집에 없습니다. 기다리시겠다면 저 의자에 앉으십시오. 무료하시면 시가라도 피우시겠습니까?"

"감사합니다."

그는 붉은 손수건을 꺼내 이마에 맺힌 땀을 닦아 냈습니다.

"위스키소다 한잔 하시겠습니까?"

"반 잔만 부탁합니다. 무척 덥군요. 왓슨 씨도 노우드 사건에 관한 소식은 들으셨겠지요."

"네, 기사를 읽었습니다."

"사건은 다시 원점으로 돌아왔습니다. 새디어스 씨를 용의자로 보고 수사망을 철저히 했는데 큰 구멍이 뚫리고 말았어요. 그에게는 알리바이가 있었습니다. 지붕 위로 올라간 사람은 새디어스 씨가 아니었어요. 지금까지 지켜 온 제 자부심과 명성이 바닥을 치게 생겼어요. 어쩌다 이 지경까지 왔는지 막막합니다."

"누구나 도움이 필요할 때가 있지요."

내가 덤덤하게 말했습니다.

"홈즈 씨는 정말 유능한 분입니다."

그가 흥분하며 말했습니다.

"수많은 사건을 다뤘지만 실수 한 번 없었지요. 추리를 사용해 결론을 내는 게 좀 지나쳐 보이긴 하지만 형사가 될 능력은 충분합니다. 그건 제가 보장할 수 있지요. 오늘 아침 홈즈 씨가 보낸 전보를 받았습니다. 단서를 찾으셨더군요."

애설니 존스가 주머니에서 쪽지를 꺼냈습니다. 정오에 포플러 지역에서 보낸 전보였습니다.

지금 즉시 베이커 가로 가서 내가 돌아올 때까지 기다릴 것. 현재 범인들을 추적 중. 사건은 오늘 밤 끝날 것으로 보임. 동행한다면 허락하겠음.

"이제야 뭔가 풀린 모양이군요."

내가 웃으며 말했습니다.

"그럼 이 사건 때문에 홈즈 씨도 헤맸다는 겁니까? 아무리 유능한 사람도 그럴 수 있긴 하지요. 이번 단서도 어떻게 끝날지는 모르지만요. 하지만 기회를 잡는 게 형사가 할 일이지요. 잠깐, 홈즈 씨가 도착한 것 같은데요?"

때마침 계단을 오르는 거친 발소리가 들려왔습니다. 이윽고 방 안에는 허름한 선원 복장을 한 노인이 들어섰습니다. 등이 굽은 노인은 무릎을 떨며 천식 환자처럼 숨을 몰아쉬었습니다. 얼굴에 눌러쓴 스카프 사이로 날카로운 눈매와 덥수룩한 흰 눈썹 그리고 긴 수염이 보였습니다. 비록 늙었지만 여전히 늠름한 선장의 모습이 남아 있었습니다.

"어떻게 오셨습니까?"

내가 물었습니다.

"셜록 홈즈 씨 계시오?"

"잠깐 외출을 했습니다. 제게 말씀하시면 됩니다."

"아니 직접 말하겠소."

“제가 홈즈 씨의 대리인입니다. 모드케이 스미스 배에 관한 일로
오셨나요?”

“그렇소. 난 그 배가 어디에 있는지도 알고 홈즈 씨가 찾고 있는
일당들의 소굴도 알고 있지. 또 보물이 어디 있는지도 알아. 난 다
알고 있다오.”

“그럼 지금 제게 말씀해 주세요.”

그러나 노인은 고집스러웠습니다.

“아니오, 기다리겠소.”

“그러면 홈즈 씨가 돌아올 때까지 기다려 주십시오.”

“남의 일로 그렇게까지 시간을 버릴 필요가 없지. 난 기다리는 것
이 싫으니 그냥 돌아가겠소. 홈즈가 알아내든 말든 내 알 바가 아니
니까.”

노인이 방을 나서려 하는데 애설니 존스가 그를 붙잡았습니다.

“이러시면 안 되죠. 홈즈 씨가 올 때까지 무조건 기다리십시오.”

“이거 놓으시오! 점잖은 신사를 만날 줄 알았는데 이런 경우 없는
작자들을 상대하게 되다니!”

노인은 지팡이를 휘둘렀습니다.

“어르신, 진정하시고 소파에 앉으시죠. 기다리신 것에 대한 보상
은 충분히 해 드리겠습니다.”

내가 말했습니다.

노인은 포기한 듯 두 손으로 얼굴을 포개며 소파에 기댔습니다.

존스와 나는 시가를 피웠습니다.

"나도 주게."

홈즈의 목소리였습니다. 우리는 놀라 벌떡 일어났습니다. 홈즈가 우리 옆에 서서 빙긋 웃고 있었습니다.

"언제 돌아왔나? 그런데 노인은 어디 갔지?"

내가 물었습니다.

"노인도 여기 있다네."

홈즈는 백발 가발을 내밀며 말을 이었습니다.

"눈썹도 수염도 여기 있다네. 오랜만에 변장을 해 봤는데 자네들까지 속아 넘어갈 줄은 몰랐어."

"정말 감쪽같군요. 홈즈 씨는 연기력도 아주 뛰어나네요. 기침 소리며 걸음걸이까지 막 양로원에서 걸어 나온 노인 같았습니다. 왠지 그 눈빛이 어딘가에서 본 듯싶었지만요. 우리가 감쪽같이 속은 건 아니군요."

존스가 기뻐하며 소리쳤습니다.

홈즈는 시가를 피우며 대답했습니다.

"종일 이 차림으로 돌아다녔답니다. 왓슨이 지난번 사건을 책으로

퍼낸 뒤로는 내 얼굴이 알려져 변장을 해야 하지요. 그런데 경찰 수사는 어디까지 이루어졌지요?”

“아직도 앞이 보이지 않습니다. 유력한 용의자는 석방됐고 다른 사람들에게서도 의심 갈 만한 것은 없어 보입니다.”

“그럼 제가 다른 사람들을 붙잡게 해 드리죠. 모든 공로를 다 가져가서도 좋지만 대신 제 말은 들어주셔야 합니다. 자, 어떻습니까?”

“범인만 잡는다면야 뭐든 다 하겠습니다.”

“증기선이 필요합니다. 일곱 시까지 웨스트민스터 선착장에 대기시켜 주시면 됩니다.”

“네, 그렇게 하지요. 부근에 경비선이 있습니다.”

“싸움이 벌어질지도 모르니 힘 좋은 경관도 몇 명 필요합니다.”

“알겠습니다.”

“보물에 대해서는 절반의 권리가 있는 숙녀분께서 먼저 열어 볼 수 있게 해 주십시오. 여기 있는 제 친구가 바라는 것이기도 하고요. 왓슨, 자네 생각은 어떤가?”

“그렇게 해 준다면 나야 고맙지.”

내가 말했습니다.

“보물은 절차가 끝날 때까지 경찰이 보관하는 것이 원칙이지요. 하지만 수사 자체가 예외적으로 흐르고 있으니 그렇게 하겠습니다.”

"그리고 한 가지 더 있습니다. 제게 조녀선 스몰과 대화할 수 있는 시간을 주십시오. 직접 물어볼 것들이 있습니다."

"네, 그러시지요. 어차피 사건은 홈즈 씨의 것이나 다름없으니까요. 난 그자를 잡을 방도가 없으니 선생께서 알아서 처리하시지요."

"좋습니다."

"또 다른 말은 없습니까?"

"마지막으로 저와 함께 식사나 하실까요? 굴과 들꿩 그리고 맛 좋은 백포도주가 준비될 것입니다. 왓슨, 내 요리 솜씨 한번 보겠나?"

한밤의 맹렬한 추격

식사 시간은 매우 즐거웠습니다. 홈즈는 마음이 풀리면 여러 가지 잡다한 이야기를 풀어 놓는데 오늘이 바로 그랬습니다. 그는 유쾌해 보였습니다. 중세의 종교극과 도자기 그리고 스트라디바리우스 바이올린, 실론 섬의 불교와 차세대 군함에 이르기까지 홈즈의 이야기는 막힘이 없었습니다. 그건 지난 며칠 동안 그의 정신 상태가 우울했기 때문인지도 모릅니다. 식사하면서 이야기를 해 보니 애설니 존스는 생각보다 예의바른 사람이었습니다. 수사의 마무리를 앞두고 내 마음도 한결 가벼워졌습니다.

"자, 모두 건배합시다. 오늘 밤의 모험을 위해! 왓슨, 이제 떠날 때가 왔네. 권총은 갖고 있나?"

홈즈가 물었습니다.

"서랍에 리볼버가 있다네."

"그럼 그걸 챙겨 가게. 마차를 미리 준비시켜 놓았어. 저걸 타고 가세."

우리는 웨스트민스터 선착장으로 향했습니다. 강 위에는 증기선 한 척이 보였습니다.

"경찰의 배라는 표시가 있나요?"

"옆쪽에 녹색 등이 붙어 있지요."

"저건 떼는 게 좋겠습니다."

녹색 등을 떼고 우리 세 사람은 배에 올랐습니다. 그 밖에 키잡이 한 명, 화부 한 명, 경관 두 명이 차례로 배에 올라탔습니다.

"어디로 갑니까?"

존스가 물었습니다.

"런던 탑 쪽입니다. 제이콥슨 조선소 맞은편으로 가 주십시오."

배는 빠른 속도로 달렸습니다. 얼마 뒤, 다른 증기선들을 앞서기 시작하자 홈즈의 얼굴에 화색이 돌았습니다.

"우린 오로라 호를 따라잡아야 합니다. 그 배는 무척 빠르다고 소문이 났더군요."

홈즈가 말을 이었습니다.

"왓슨, 나는 그날 밤 화학 실험에 몰두하면서 평정심을 되찾았다네. 숄토 문제에 대해 처음부터 다시 생각해 보았어. 증기선은 어디에서도 찾을 수 없었네. 조너선 스몰은 영리하지만 고등 교육을 받지 못했으니 치밀한 계획을 세울 순 없었을 거야. 그래서 그가 아직 런던에 있을 거란 생각이 들었지. 그동안 주변을 정리할 시간이 없었을 테니까. 조너선 스몰의 독특한 외모는 어디에 가나 눈에 띌 테니 노우드 사건과 관련돼 의심받기도 쉬운 탓에 밤에만 움직였을 거야. 스미스 부인이 말하길, 그들이 배를 탄 건 새벽 세 시라고 했지. 통이 틀 때까지 시간은 충분하지 않아. 그러니 그들은 멀리 가지 못했을 거야. 그들은 스미스에게 충분한 보상을 하고 보물을 싣고 도망치려 했지. 그리고 그레이브센드나 다운즈에서 배를 타고 아메리카 대륙이나 다른 식민지로 가려고 했을 거야."

"그렇다면 증기선은?"

"증기선 또한 그 근처에 세워 두었을 거야. 내가 스몰이라면, 또 그와 같은 생각을 했다 쳐도 경찰을 따돌리기 위해 증기선을 숨겼을 거야. 그리고 필요할 때 다시 타려고 했겠지. 그렇다면 어떻게 해야 할까? 증기선을 수리 업체에 맡겼을 거야. 잔고장을 수리하면서 경찰 수사에서도 벗어나는 방법이었겠지."

"그거 참 기발하군."

“그렇지. 나는 선원 복장을 하고 수많은 선착장을 뒤지고 다녔어. 그러다 열여섯 번째 선착장인 제이콥슨 조선소에서 의족을 한 남자가 오로라 호를 맡기고 갔다는 사실을 알게 됐지. 사장 말로는 배에는 이상이 없다고 했어. 그러면서 오로라 호를 가리켰는데 그때 술에 취한 모드케이 스미스가 나타났지. 그가 배 이름과 자기 이름을 큰 소리로 외치더군. 그는 여덟 시에 배를 찾으러 오겠다고 하면서 직원에게 은화를 던졌다네. 소년 탐정단 대원 한 명이 거기서 대기하고 있다가 증기선이 출발하면 신호를 준다고 했어. 그러니 우리는 좀 떨어진 곳에서 기다리고 있으면 돼.”

“정말 훌륭하군요. 하지만 나라면 제이콥슨 조선소에 경찰을 배치한 뒤, 바로 그들을 덮쳤을 겁니다.”

“조녀선 스몰은 보기보다 영리한 자입니다. 그가 눈치를 채면 이번에는 더 찾기 힘들 겁니다.”

“모드케이 스미스를 먼저 잡는 방법은 어떤가?”

“그가 녀석들의 소굴을 알고 있을 가능성은 전혀 없어. 그로서는 술이나 먹고 돈이나 받으면 그만일 테지.”

우리가 이야기를 나누는 동안 배는 강을 질주했습니다. 그리고 런던 탑에 이르렀을 때는 해가 저물고 있었습니다.

“저기가 바로 제이콥슨 조선소야!”

홈즈가 외쳤습니다. 그는 쌍안경을 꺼내 선착장을 살폈습니다.

"저기 탐정단 아이가 보이는군. 신호는 아직 없어."

"좀 더 하류로 내려갈까요?"

존스가 말했습니다.

"섣불리 판단해서는 안 됩니다. 저들이 하류로 갈 거라고 예상되지만 장담할 수는 없어요. 여기 입구에서 기다리는 것이 좋을 겁니다. 잠깐, 저기 신호가 오는군요. 탐정단 아이가 손수건을 흔들고 있습니다."

홈즈가 말했습니다.

오로라 호는 조선소 입구를 빠른 속도로 통과했습니다. 존스가 오로라 호를 지켜보며 고개를 내저었습니다.

"정말 빠르군요. 따라잡을 수 있을지 모르겠습니다."

"반드시 따라잡아야 합니다!"

홈즈가 외쳤습니다.

경비선은 큰 소리를 내는가 싶더니 금세 요동을 치며 잔잔한 강물 위를 달리기 시작했습니다. 뱃머리의 등불이 삼각주 모양의 빛을 내뿜었습니다.

"석탄을 더 많이 넣으세요. 최대한 바짝 따라붙어야 합니다!"

"훨씬 가까워진 것 같군요."

존스가 말했습니다.

"얼마 남지 않았어요. 이제 몇 분이면 따라잡을 겁니다."

내가 말했습니다.

그때 경비선 앞으로 배 한 척을 끌고 지나가던 커다란 배가 나타났습니다. 방향을 틀어 충돌은 겨우 막았지만 다시 키를 잡았을 때 오로라 호는 이미 200미터나 멀리 떨어져 있었습니다. 배는 웨스트인디아 부둣가를 지나 긴 뎁포드 갑문을 지났습니다. 그리고 독스섬을 지나 북쪽으로 방향을 틀었습니다.

존스가 탐색 등을 켜자 오로라 호의 갑판이 훤히 보였습니다. 한 사내가 검은 상자를 끌어안고 앉아 있었습니다. 그 옆에는 웅크린 검은 개가 보였습니다. 키는 스미스의 아들이 잡고 있었고 스미스는 웃통을 벗고 분주히 석탄을 집어넣고 있었습니다. 그들도 추격당한다는 것을 알아챈 것 같았지요.

경비선은 그리니치를 통과할 무렵 한층 더 가깝게 거리를 좁혔습니다. 블랙월에서는 이백오십 걸음 정도로 바짝 붙었습니다. 나는 여러 나라를 다니며 사냥을 했지만 이때처럼 손에 땀을 쥐게 하는 스릴을 느낀 적은 없었습니다.

경비선은 점차 간격을 줄였습니다. 갑판에 걸터앉은 남자는 계속 우리 쪽에 눈을 떼지 못했습니다. 존스가 오로라 호를 향해 멈추라는 명령을 내렸습니다. 그러자 남자가 벌떡 일어나 경비선을 향해 욕을 퍼부었습니다. 그는 의족을 하고 있었습니다. 그때 옆에 있던 검은 개가 움직였습니다. 자세히 보니 그것은 개가 아니라 체구가 아주 작은 사람이었습니다. 머리카락이 잔뜩 헝클어져 있었지요. 홈즈가 권총을 겨누는 동안 나도 권총을 꺼냈습니다.

"저자가 손을 올리면 총을 쏘게."

홈즈가 속삭였습니다.

경비선은 이미 오로라 호에 바짝 붙어 있었습니다. 의족을 한 남자는 괴성을 질렀고 원주민은 탐조등 불빛 아래서 사납게 으르렁거렸습니다.

얼마 뒤, 난쟁이는 갑자기 짧고 둥근 나뭇조각을 꺼내 입에 물었습니다. 우리 두 사람은 얼른 권총을 쐈습니다. 난쟁이는 비명을 지르며 배 아래로 떨어졌습니다. 그러자 의족을 한 사내가 키를 잡고 남쪽 강가로 배를 돌렸습니다. 그러나 낮은 수심 탓에 배는 진흙탕에 빠져 멈춰 섰습니다. 남자는 잽싸게 배에서 뛰어내렸지만 그 역시 진흙탕에 발이 묶이고 말았습니다. 그가 빠져나오려고 몸을 비틀었지만 그럴수록 더 깊숙이 빠질 뿐이었습니다.

우리가 그의 곁에 갔을 때는 뿌리를 박은 나무처럼 그 자리에 꽂혀 있었습니다. 우리는 사내의 어깨에 끈을 묶어 진흙탕에서 꺼냈

습니다. 정신을 놓고 갑판 위에 앉아 있던 스미스와 그의 아들은
시키는 대로 경비선으로 순순히 건너왔습니다.

우리는 오로라 호를 경비선 고물에 단단히 묶었습니다. 갑판에는
인도풍 장식이 있는 무쇠 상자가 있었습니다. 우리는 보물이 담겨
있을 그것을 경비선으로 조심스럽게 옮겼습니다. 강을 거슬러 올라
가며 탐조등을 비춰 보았지만 원주민의 시체는 찾을 수 없었습니다.
템스 강바닥에는 그의 괴상한 시체가 지금도 묻혀 있을 것입니다.

"여길 봐."

홈즈가 말했습니다.

"권총을 쏘지 않았다면 정말 큰일 날 뻔했군."

우리가 서 있었던 자리에 독침이 꽂혀 있었습니다. 홈즈는 아무렇
지도 않은 듯 싱긋 웃으며 지나갔지만 나는 등골이 오싹했습니다.

아그라의 보물

우리의 포로는 선실에 앉아 그토록 얻기 위해 갖은 애를 썼던 무쇠 상자를 앞에 두고 멍하니 바라보고 있었습니다. 햇볕에 탄 피부며 번뜩이는 눈동자, 깊게 패인 주름은 그의 힘들었던 지난 삶을 그대로 보여 주었습니다. 유난히 덥수룩한 수염에서 고집과 집념이 엿보였습니다. 머리카락이 희끗한 걸로 보아 쉰 살은 족히 넘어 보였습니다. 화를 낼 때는 흉악스러운 외모였지만 평상시 얼굴은 얌전했습니다.

그는 수갑을 찬 채 눈동자를 번뜩이며 무쇠 상자를 노려보고 있었습니다. 그의 눈빛에서 슬픔이 느껴졌습니다. 나와 눈이 마주쳤을 때 그는 옅은 미소를 짓고 있었습니다.

“조너선 스몰 씨, 결국 일은 실패로 돌아갔군요.”

홈즈가 시가에 불을 붙이며 말했습니다.

“그렇소. 하지만 이 일로 교수형에 처해지지는 않겠지요. 난 바솔로뮤 숄토를 죽이지 않았소. 그건 지옥의 사냥개 통가가 쏜 끔찍한 독침 때문에 일어난 일이오. 난 그 난쟁이 녀석을 말렸지만 이미 늦은 후였습니다. 그렇다고 그가 살아 돌아올 수도 없겠지만요.”

“시가 좀 피우겠소? 당신이 밧줄을 탈 때 그자가 바솔로뮤를 공격했으리라고는 상상할 수 없었을 거요.”

홈즈가 말했습니다.

“마치 눈으로 본 듯 말하는군요. 난 그 방이 비어 있는 줄 알았소. 저녁 식사 시간이었으니까요. 만약 늙은 소령이 살아 있었다면 기꺼이 내 손으로 처리했을지도 모르죠. 그자를 처치하는 건 이 시가를 피우는 것만큼 쉬운 일이니까요. 하지만 그가 아닌 죄 없는 아들을 해칠 생각은 없었소.”

“당신은 곧 런던 경찰청의 애설니 존스 형사에게 맡겨질 것이오. 하지만 그 전에 우리 집으로 가서 사건의 진상을 말해 주셔야 합니다. 그러면 내가 아는 한 당신을 도울 수 있을 거요. 난쟁이의 독이 너무 강해 당신이 방에 갔을 때 바솔로뮤가 이미 숨졌다는 사실을 밝혀 줄 수 있을 겁니다.”

"당신 말이 맞습니다. 그는 이미 끔찍한 얼굴로 쓰러져 있었소. 통가 그 녀석이 도망가지 않았다면 흠씬 패 주었을 텐데. 그는 그날 독침을 잃어버렸다고 했소. 선생이 그 단서를 찾으셨군요."

그가 말을 이었습니다.

"나 또한 50만 파운드어치 보물의 주인이오. 오랜 세월을 안다만 제도에서 방파제를 쌓으며 버텨 왔지만 이제는 다트무어에서 땅을 파며 살게 생겼군요. 보물을 얻는 사람에게는 저주가 따르는 법이라오. 우연히 아흐메트와 만나 아그라의 보물을 알게 된 뒤 내 인생에는 저주가 뒤따랐지요. 아흐메트는 살해됐고 숄토 소령도 비참하게 죽었소. 그리고 내 인생도 이렇게 끝이 나게 됐소."

그때 존스가 선실 안으로 들어왔습니다.

"다른 한 사람은 놓쳤지만 그건 어쩔 수 없지요. 홈즈 씨의 성공을 축하합니다. 배를 놓칠까 봐 얼마나 긴장했는지 모릅니다."

"모두 해결됐으니 다행입니다. 오로라 호는 정말 무섭도록 빠르더군요."

홈즈가 말했습니다.

"스미스 씨에게 들으니 그 배는 템스 강에서 최고 빠른 배 중 하나라고 하더군요. 조수 한 사람만 더 있었어도 절대로 안 잡힐 거라면서 어찌나 큰소리를 치던지. 그런데 그는 노우드 사건에 대해서는 전혀 모른다고 말했습니다.”

“그자는 정말 모릅니다. 나는 빠른 증기선이 필요했을 뿐이오. 돈을 잔뜩 집어 주긴 했소. 또 우리가 브라질로 가는 에스메랄다 호에 타게 되면 돈을 더 두둑하게 얹어 주겠다고 했을 뿐이죠.”

조너선 스몰이 대답했습니다.

“그렇다면 더욱 신경 써야겠군. 우리는 범인을 잡는 것도 또 무죄로 풀어 주는 것도 아주 신중하게 결정하지요.”

존스는 어느새 다시 거만한 경찰로 돌아와 있었습니다. 그의 말을 들은 셜록 홈즈의 입가에 미소가 번졌습니다.

“곧 복스홀 다리에 도착합니다. 약속대로 왓슨 선생께서는 보물 상자를 챙기십시오. 경관 한 명을 보내 드리겠습니다. 그럼 마차를 불러 드릴까요?”

존스가 말했습니다.

“네, 부탁드리겠습니다.”

내가 말했습니다.

“열쇠가 없어 아쉽군요. 여기서 보물 리스트를 만들면 좋을 텐데요. 이보게, 열쇠를 어쨌나?”

“강물에 버렸소.”

스몰이 대답했습니다.

"그래 봤자 소용없지. 그럼 홈즈 씨, 베이커 가에서 다시 봅시다."

나는 무쇠 상자와 경관 한 명을 데리고 마차에 올랐습니다. 모스턴의 집까지는 십오 분이 걸렸습니다. 세실 포레스터 부인은 외출 중이었고 모스턴은 응접실에 앉아 있었습니다. 나는 형사를 마차에서 기다리게 한 뒤 상자를 들고 응접실로 들어갔습니다.

모스턴은 목과 허리에 주홍색 리본을 두른 흰 드레스를 입고 있었습니다. 램프의 등이 모스턴의 얼굴과 금발 머리를 아름답게 비추고 있었습니다. 그녀는 깊은 생각에 잠겨 있는 듯 보였지요. 하지만 내 발소리를 듣고는 자리에서 일어나 밝은 얼굴로 맞이해 주었습니다.

"포레스트 부인이 오신 줄 알았어요. 새로운 소식이 있나요?"

"그보다 더 좋은 것을 가져왔습니다."

나는 무쇠 상자를 테이블 위에 내려놓았습니다. 상자의 무게만큼이나 내 마음도 무척 무거웠습니다.

"아그라의 보물을 가져왔습니다. 반은 새디어스, 반은 당신의 것입니다. 한 사람당 20만 파운드씩 받게 될 거예요. 일 년에 만 파운드나 되는 연금을 받는 격이니 영국에서 당신보다 부유한 숙녀는 없을 겁니다."

그러나 모스턴은 눈앞의 보물에 크게 기뻐하는 기색 없이 나를 더 위하는 듯한 표정으로 바라보았습니다.

"이 모든 게 선생님 덕분이에요."

그녀가 말했습니다.

"아닙니다. 도움을 주었다면 셜록 홈즈 덕분이지요. 그 명석한 친구조차 이 사건을 해결하기 위해 무척 애를 썼으니 말입니다. 만일 제가 맡았다면 아직도 풀어내지 못했을 겁니다."

"어떻게 된 일인지 말씀해 주세요, 왓슨 선생님!"

나는 모스턴에게 그다음의 이야기를 들려주었습니다. 홈즈의 변장과 오로라 호의 발견 그리고 애설니 존스의 굴욕, 템스 강을 따라 범인을 추격한 일 등을 모스턴은 눈을 반짝이며 들었습니다.

"저 때문에 그런 위험한 일을 하시다니 정말 죄송합니다."

"이제는 모두 끝났습니다. 끔찍한 이야기는 이제 잊고 즐거운 이야기를 해 볼까요? 당신에게 가장 먼저 보여 드리기 위해 이렇게 가져왔습니다."

"네, 감사합니다."

모스턴은 그저 나를 배려하기 위해 기뻐하는 것처럼 보였습니다.

"상자가 무척 아름답군요."

"힌두교의 성지인 베나레스의 금속 세공입니다."

"그런데 무척 무겁군요. 열쇠는 없나요?"

"템스 강물에 가라앉았습니다."

모스턴은 곧 부지깽이를 가져왔습니다. 나는 상자 정면에 난 구멍 안에 꼬챙이를 넣어 비틀었습니다. 이윽고 상자가 열렸습니다. 그러나 다음 순간 우리는 서로를 멍하니 바라보았습니다. 놀랍게도 상자는 텅 비어 있었습니다.

"아무것도 없군요."

모스턴이 태연하게 말했습니다.

그때 나는 그동안 나를 억누르고 있던 그 무엇으로부터 자유로워졌습니다. 보물의 존재를 알게 된 뒤부터 아그라 보물을 찾을 때까지 얼마나 마음이 무거웠는지 모릅니다. 그러나 그 순간 마음이 가벼워졌지요.

"감사합니다. 정말!"

나는 나도 모르게 소리쳤습니다.

"네? 왜 그렇게 말씀하시는 거죠?"

모스턴이 나를 보며 웃었습니다.

"당신을 얻게 되었으니까요."

나는 모스턴의 두 손을 꼭 잡았습니다.

"메리, 당신을 처음 만난 순간 사랑에 빠졌습니다. 진실로 당신을 사랑합니다. 보물이 있었다면 제 마음을 고백하지 못했을 겁니다. 하지만 이제는 가벼운 마음으로 말할 수 있습니다. 그래서 그런 바

보 같은 소리를 내뱉었습니다.”

“저 또한 감사해야 하겠군요.”

내가 모스턴을 끌어안자 그녀가 속삭였습니다.

나는 그날, 가장 큰 보물을 차지한 사람이 나라는 사실을 깨달았
습니다.

조녀선 스몰의 이상한 이야기

내가 빈 상자를 보여 주자 마차에서 기다리고 있던 경관의 얼굴이 어두워졌습니다.

"그럼 사례금도 없겠군요. 보물이 있었다면 오늘 밤의 수고비로 나에게도 10파운드짜리 한 장쯤은 돌아왔을 텐데요."

그가 실망스럽게 말했습니다.

"새디어스 숄토 씨는 부자이니 사례는 할 겁니다."

그러나 경관은 고개를 가로저었습니다.

"그건 말도 안 되는 소리입니다. 존스 형사님 생각도 마찬가지일 겁니다."

과연 그의 말대로였습니다. 베이커 가에 가서 빈 상자를 내려놓자 존스는 충격에 사로잡혀 말을 잃었습니다.

홈즈와 스몰 그리고 존스는 일정을 바꿔 경찰서에 먼저 다녀온 길이었습니다. 홈즈는 그저 편안하게 소파에 등을 기댔고 스몰은 무표정하게 앉아 있었습니다. 그러다 빈 상자를 보고 그가 헛웃음을 터뜨렸습니다.

"스몰, 보물을 어떻게 했나?"

존스가 매섭게 물었습니다.

"당신들이 찾을 수 없는 곳에 있지."

그가 말을 이었습니다.

"그건 내 것이야. 나 아닌 누구도 가질 수 없단 말이지. 그 보물을 가질 수 있는 사람은 안다만에 있는 세 사람과 나밖에 없어. 우린 '네 사람의 서명'으로 묶여 있으니 다른 세 명도 내 뜻을 따를 거야. 숄토나 모스턴의 자식들에게 넘길 바에야 템스 강에 처박아 놓는 것이 낫지. 그들을 위해 아흐메트를 죽인 것은 아니니까. 보물은 통가와 함께 잠들었어. 추격을 당하면서 강바닥에 버렸거든."

"거짓말 하지 마! 그럼 상자는 왜 버리지 않았지?"

"그러면 찾기가 쉬워질 테니까. 날 쫓아올 정도면 상자를 찾는 것도 쉽겠지. 하지만 몇 킬로미터에 걸쳐 뿌려진 보물을 긁어모으긴 힘들 거야. 나도 마음이 찢어졌어. 억울해서 미칠 것만 같았다고. 하지만 후회는 없어."

"스몰, 이건 말도 안 되는 소리야. 보물을 놔두고 정의를 지켰다면 재판에서 훨씬 유리했을 거라고,"

"정의 따윈 관심 없어. 보물은 우리 거야. 내가 그 보물을 어떻게 찾아냈는지 알아? 무려 이십 년이야. 이십 년 동안 죄수로 살면서 아그라 보물을 얻기 위해 견뎌 냈지. 그걸 다른 사람에게 넘겨주는 게 정의인가? 그럴 바엔 차라리 교수형을 당하거나 통가의 독침에 찔려 죽는 편을 택하겠어."

이내 스몰은 흥분을 참지 못하고 괴성을 질렀습니다. 그런 그를 보며, 평생 그를 두려워했던 숄토 소령의 공포감이 어땠을지 짐작이 갔습니다.

"우리는 자세한 이야기는 모르고 있습니다. 어디까지가 진실인지 알고 싶군요."

홈즈가 말했습니다.

"선생과는 이야기가 통할 것 같소. 지금껏 나를 공정하게 대해 주었으니까요. 내가 잡힌 것도 오로지 당신 탓이지만 말입니다. 당신에게 나쁜 감정은 없어요. 지금부터 내가 하는 이야기에는 거짓이 없음을 맹세합니다.

나는 우스터셔 퍼쇼어에서 태어났습니다. 스몰 집안은 대대로 그

지방에서 소작농을 지낸 선량한 사람들이지요. 하지만 나는 달랐소. 고향이 그립긴 했지만 성공한 것도 아니고 나를 반겨 줄 사람도 없으니 돌아갈 이유가 없더군요.

나는 열여덟 살 때 여자 문제로 사고를 쳤고 그 때문에 급하게 인도로 출발하는 보병 3연대에 입소했지요. 그런데 평범한 군인으로 살 운명도 아니었는지 머스킷 총을 능숙하게 다룰 무렵 갠지스 강에서 사고를 당했소. 악어에게 물려 오른쪽 발목을 잃었지요. 함께 수영을 하던 중사의 도움으로 겨우 목숨은 건졌지만 나는 반년 동안 병원 신세를 진 뒤 군대에서 쫓겨났습니다.

젊은 나이에 불구가 되고 보니 살아갈 희망이 보이지 않더군요. 그런데 어느 날 쪽풀 재배장의 에이블 화이트 씨가 나를 불렀소. 그는 부대 대령과 아는 사이였는데 농장 지배인을 찾고 있었지요. 말을 타고 농장을 둘러보며 게으른 일꾼을 잡아낼 사람이 필요했던 거요. 나는 의족을 했지만 무릎이 남아 있으니 혼자서 말에 올라 탈수 있었고 대령의 추천도 있고 해서 일자리를 구하게 되었소. 숙소도 편하고 급여도 많아 나는 여생을 그 농장에서 보내고 싶었습니다.

화이트 씨는 아주 친절한 사람이었고 우리는 숙소에서 함께 시가도 피우며 많은 대화를 나누곤 했지요. 하지만 평화로운 생활은 곧 끝나고 말았소. 세포이 반란으로 온 나라가 불바다가 되었거든요.

아마 그 사건에 대해서는 다들 알고 있을 겁니다. 당신들은 나와는 달리 지식도 많고 책도 읽은 사람들일 테니 말이오. 아무튼 그 사건으로 농장도 어수선해졌답니다. 마을 곳곳에 화염이 일었고 유럽인들은 우리 농장을 통과해 부대가 있는 아그라를 향해 갔지요.

에이블 화이트만이 농장을 지키며 태평스럽게 위스키를 마시며 시가를 피웠지요. 그저 시간이 지나면 모두 잘될 거라는 생각을 했던 거요. 그리고 나와 도슨이라는 직원만이 남아 그의 곁을 지켰소.

그런데 어느 날 나는 농장에서 돌아오던 길에 도슨 부인의 시체를 보았지요. 온몸이 찢긴 것도 모자라 짐승에게 먹힌 흔적이 남아 있었소. 그 옆에는 도슨의 시체도 있었지요. 그는 권총을 쥐고 있었고 그 옆에는 세포이 네 명이 있었소. 에이블 화이트가 머무는 숙소에는 검은 연기가 피어오르는 것이 보였어요. 달려가 봤자 가망이 없어 보였고 나 또한 무사하지 못하리라는 걸 알았지요. 그때 누군가 나를 발견하고 총을 쏘았소. 나는 그 길로 말을 타고 아그라 성으로 도망을 쳤지요.

하지만 그곳 상황도 역시 좋지 않았어요. 영국인들은 예민해져 있었고 그저 도망치는 것 외에는 방법이 없었지요. 적의 공격은 모두 영국이 만든 부대로 향해졌소. 아그라에서는 이를 막기 위해 군인들을 모으고 있었어요. 나 또한 의족을 한 채 입대했습니다.

우린 폭동 한가운데에 있었죠. 우리 부대는 아그라의 작은 요새로 몸을 피했는데 그곳은 참 기묘한 곳이었소. 무척 넓기도 했지만 새로 지은 커다란 건물에는 군인들과 여자, 아이들이 생활하고 있었고 물품 또한 넘쳤지요. 오래된 건물들은 훨씬 더 컸는데 함부로 들어갔다가는 길을 잃기 십상이었소. 성 앞에는 적의 침입을 막기 위한 연못이 있었지만 출입문이 많아 경비를 철저히 해야 했어요.

오래된 건물도 마찬가지였지요. 보초도 부족하고 총도 모자라 문 앞에는 백인 한 명과 원주민 두세 명을 배치할 수밖에 없었소. 나는 남서쪽 문을 맡아 시크교도 두 명과 함께 보초를 섰지요. 본부에서 워낙 떨어져 있어 습격을 받았을 때 제대로 지원을 받을 수 있을지가 의문이었지만 나는 작은 분대를 훌륭하게 지휘하고 있었어요. 부하들의 이름은 마호메트 싱과 압둘라 칸으로 모두 키가 크고 건장했소. 그들은 영어를 썼지만 자기들끼리 속닥거리기 일쑤였고, 나는 유유히 흐르는 강물과 아그라 시의 불빛을 바라보며 시간을 보냈지요.

사흘째 되는 날은 비바람이 심하게 몰아쳤소. 부하들과 말도 잘 통하지 않아서 잠시 총을 내려놓고 파이프를 꺼냈지요. 그때 그 둘이 나를 공격했어요. 갑자기 내 총을 빼앗더니 목에 칼을 들이대지 뭐요. 나는 그들이 세포이 잔당들이라고 생각했습니다. 스파이가 너무 많아 이 성이 조만간 함락될지도 모른다는 생각을 하고 있었거든요. 내가 힘껏 소리를 지르자 압둘라 칸이 나섰소.

'우리와 함께 가든지 여기서 죽든지 하나를 택해라. 살겠느냐 죽겠느냐.'

그래서 내가 물었죠.

'대체 무엇을 택하라는 거냐? 성을 지키지 못한다면 난 죽겠다.'

그러자 '성을 말하는 게 아니다. 너희들이 인도에서 찾고 있는 것, 그것을 말하는 거다. 우리의 말을 따르면 너에게도 그 권리를 주겠다. 넌 부자가 될 것이다. 이 칼과 시크교도의 삼중 서약을 걸고 맹세한다. 보물 중 4분의 1을 너에게 나눠 주겠다.'라고 말했어요.

'보물이라고? 나도 부자가 되고 싶다. 내가 어떻게 해야 하나?' 물었더니 '맹세해라. 그리스도의 명예를 걸고 맹세해라. 우리의 말과 행동에 따라야 한다.'라고 하더군요. 그래서 나는 그들 앞에서 맹세를 했소.

그러자 압둘라 칸이 말했지요.

'우리 세 사람 말고도 도스트 아크바르에게도 권리가 있다. 그가 곧 이곳으로 올 것이다. 그때까지는 내 말을 잘 들어야 한다. 북부 지방에 꽤 부유한 군주가 있다. 이번 사태 때 그는 신의 재산을 지키기 위해 반란군 편에도 동인도 회사 편에도 섰다. 그가 금과 은은 성에 남기고 보석과 진주는 무쇠 상자에 담아 아그라 요새에 숨겼다. 폭도들이 승리하면 금과 은을 챙기고 회사가 이기면 보석을 챙길 계획이었다. 그 뒤 자신의 영지에서 힘이 가장 센 세포이에 가담했다. 아흐메트는 가짜 상인으로 지금 아그라 시에서 이곳으로 오고 있는

중이다. 내 벗인 도스트 아크바르가 동행인으로 이 모든 걸 내게 알려 주었다. 아흐메트는 도착하자마자 세상과 작별을 하게 될 것이고 보물은 우리가 나눠 갖게 된다.'

내 고향 우스터셔에서는 사람 목숨을 귀히 여겼지요. 하지만 내 영혼은 이미 피바다와 시체에 익숙해져 죽음이란 것도 특별하지 않았소. 그래서 아흐메트의 목숨이 어떻게 되든 나는 아무 상관없었습니다. 내 신경은 온통 보물 이야기에 집중되었지요.

압둘라 칸은 계속해서 나를 압박해 왔소.

'잘 생각해라. 아흐메트가 잡히면 사형을 면치 못할 것이다. 보석도 빼앗길 것이다. 우리가 정부를 대신해 그 가짜 상인을 처단하는 거다. 보석은 동인도 회사가 아닌 우리가 접수한다. 그리고 우리 네 사람은 부자가 될 것이다. 이 사실은 우리만 아는 비밀이다. 어쩔 텐가? 우리의 뜻을 따르겠는가? 아니면 죽음을 택하겠는가?'

나는 결국 고민 끝에 '너희의 뜻에 따르겠다.'라고 대답했지요.

'좋다. 네 약속을 믿겠다. 나의 벗 아크바르가 곧 아흐메트를 데려올 테니 여기서 기다리기만 하면 된다.'

'그런데 아크바르도 이 모든 걸 알고 있나?' 내가 묻자, '이 모든 게 바로 그의 생각이다.'라고 그가 답했습니다.

장마철이라 램프 불이 번쩍거렸고 그 불빛은 차츰 우리 앞으로 가까워졌지요.

'왔다! 그들이 왔어!'

내가 소리쳤소.

'우리는 저 녀석을 맡을 테니, 너는 여기를 지켜라.'

압둘라가 작은 목소리로 속삭였소. 불빛 뒤로 검은 그림자 두 개가 나타났는데 한 사람은 덩치가 큰 시크교도로 검은 턱수염을 기르고 있었어요. 다른 사람은 보통 키에 통통했는데 노란 터번을 두르고 짐 가방을 안고 있었고요. 그는 공포에 떨고 있었습니다. 막상 그가 죽을 거라는 생각이 들자 내 마음은 심하게 떨렸지요. 그는 내가 백인이라는 걸 보고 안심하는 듯 보였소.

'저를 좀 도와주십시오.'

그가 속삭였어요.

'저는 아그라 요새를 찾아온 상인 아흐메트입니다. 동인도 회사 편이라고 해서 가진 것을 모두 빼앗겼습니다. 하지만 이곳에 도착해서 다행입니다. 재산도 저도 안전할 테니까요.'

'그런데 그 보따리는 뭐지?'

내가 물었지요.

'무쇠 상자입니다. 볼품은 없지만 제게는 소중한 것이지요. 집에서 쓰던 물건 몇 가지가 들어 있습니다. 그렇다고 제가 빈털터리는

아닙니다. 저를 지켜 주신다면 사례는 충분히 하겠습니다.'

그의 불쌍한 눈빛을 보자 나는 더 이상 그와 대화하기가 힘들었어요. 그래서 얼른 본부로 데려가라고 명했소. 두 시크교도가 그를 따랐고 덩치 큰 남자도 그를 따라갔지요.

나는 랜턴을 들고 자리에서 대기하고 있었습니다. 잠시 동안 그들의 발소리가 들렸지만 곧이어 난투극이 벌어진 듯 했지요. 그리고 누군가 문 쪽을 향해 달려오는 소리가 들렸어요. 통통한 남자는 이미 피투성이가 되어 있었지요. 그 뒤를 덩치 큰 남자가 피 묻은 칼을 들고 뛰어오고 있었소. 측은한 마음이 들었지만 나는 보물을 차지하고 싶다는 욕망에 사로잡혀 그의 두 다리에 총을 쏘았지요. 아흐메트는 그 자리에서 죽었습니다."

스몰은 거기까지 말하고는 수갑을 찬 손을 뻗어 위스키 잔을 들었습니다. 그는 평생 가슴에 간직했던 비밀을 고백하고 있었습니다. 그런 모습이 내 눈에는 오히려 섬뜩해 보였습니다. 홈즈와 존스도 나와 같은 생각인지 얼굴에 혐오감이 짙게 묻어 있었습니다. 스몰은 그런 기색을 눈치챘는지 일부러 더 큰 목소리로 태연하게 말을 꺼냈습니다.

"우리가 끔찍한 일을 벌였다는 건 잘 알고 있습니다. 그러나 목숨이 달아날 위험에 처해 있었단 말이오. 키 큰 시크교도가 성에 들어

온 이상 내 목숨도 끊어진 것과 마찬가지였소.”

“이야기를 마저 해 주십시오.”

홈즈가 침착하게 말했습니다.

“마호메트는 그 자리에서 보초를 섰고 나머지 우리 셋은 죽은 아흐메트를 옮겼어요. 그들은 시체를 버릴 장소를 미리 봐 두었는데 문에서 꽤 떨어진 벽돌무덤이었지요. 우리는 아흐메트를 그곳으로 옮긴 뒤 벽돌로 덮었소. 그리고 보물 상자를 찾으러 갔지요. 열쇠는 상자 위에 비단 끈으로 묶어져 있었습니다. 상자 속에는 값비싼 보석들이 가득 차 있었지요.

우리는 보석 목록을 만들었소. 최고급 다이아몬드 143개가 있었는데 세계에서 두 번째로 큰 다이아몬드인 ‘위대한 모굴’도 있더군요. 그리고 훌륭한 에메랄드 97개와 루비 170개가 있었어요. 석류석 40개, 사파이어는 210개, 마노 61개가 나왔지요. 또 녹주석, 오닉스, 묘안석, 터키석은 너무 많아 셀 수조차 없었소. 품질 좋은 고급 진주도 300개나 있었는데 그중 12개가 묶인 팔찌도 있었습니다. 그런데 이 상자를 다시 되찾았을 때 보니 팔찌는 없더군요.

우리는 보석 상자를 마호메트에게 보여 주었소. 그리고 다시 한 번 비밀을 지킬 것을 맹세했지요. 보석은 당분간 숨겨 두었다가 나라가 안정이 되면 나눠 갖기로 하고 작은 벽돌무덤을 만들고 그곳에 상자를 숨겼어요. 그리고 똑같은 보물 지도를 네 장 만들어 우리 네 사람의 이름을 적어 넣었지요. 이로써 앞으로 네 사람은 서로를 믿고 함께 행동하며 절대 배신하는 일이 없어야 한다는 맹세를 했소. 지금까지도 그 맹세를 깬 적이 없습니다.

세포이 반란이 어떻게 끝났는지는 다들 아실 거요. 반란군 세력은 힘을 잃었고 나는 도망을 쳤소. 곧 그레이트헤드 대령이 이끄는 군대가 아그라의 반란군을 완전히 진압했지요. 평화로움이 다시 고개를 들자 우리 넷은 보석을 나눠 가질 수 있다는 희망을 품었소. 그런데 우리는 아흐메트 살해범으로 체포되고 말았어요.

동양 사람들은 의심이 많더군요. 군주는 아흐메트를 신임했지만 그를 완전히 믿지 못하고 다른 이를 시켜 감시하고 있었어요. 사건이 있던 그날 밤, 감시자는 아흐메트가 성문에 들어서는 걸 확인하고는 허가를 얻어 다음 날 요새로 따라 들어왔지만 그를 찾을 수가 없었던 거예요. 그래서 사령관 지휘 아래 수색이 시작되었고 벽돌무덤이 발견되고 말았던 겁니다.

결국 성문을 지킨 세 사람과 죽은 남자와 동행한 한 사람, 그렇게 우리 넷은 체포되었습니다. 그러나 군주는 이미 인도에서 추방당했기 때문에 보물 이야기는 묻히고 말았지요. 시크교도들은 종신형을, 나는 사형을 선고받았고요. 나도 나중에는 종신형으로 감형을 받았지요.

　나는 아그라에서 마드라스로 다시 안다만 제도로 이송되었소. 백인 죄수는 드물었고 나는 모범수였기 때문에 특별 대우를 받을 수 있었지요. 해리엇 산비탈에 있는 작은 막사 안에서 자유롭게 지냈어요. 그곳은 독침을 쏘는 식인종이 들끓는 곳이었지요. 나는 그곳에서 땅을 파고 마를 재배했어요. 무척 바빴지만 밤이 되면 자유를 누릴 수 있었소. 군의관의 조수로 있으면서 의학 지식을 쌓기도 했고요. 그렇게 달아날 기회만 엿보고 있었던 거요. 하지만 다른 섬은 너무 멀었고 바닷바람도 없어서 도망치는 건 쉽지 않았소.

　소머튼 군의관은 활달한 사내로 밤이면 장교들과 어울려 카드를 쳤지요. 나도 어깨너머로 그들이 카드놀이 하는 것을 지켜보았습니다. 모이는 사람들은 늘 똑같았는데 숄토 소령, 모스턴 대위, 브롬리 브라운 중위 그리고 교도관들이었소.

　그런데 그들의 카드놀이가 참 흥미롭더군요. 늘 따는 건 교도관들이고 군인들은 잃기만 했어요. 교도관들은 상대를 파악하고 있었지만 군인들은 그저 심심풀이로 카드를 쳤던 거요. 군인들은 질수록 모임에 더 열을 올렸소. 특히 숄토 소령은 지폐와 금화를 잃으면 약속 어음까지 가져올 정도로 적극적이었지요. 소령은 술을 마시기 시작했소. 몸에 해로울 정도로 마셔 댔지요.

　어느 날 밤, 소령은 큰돈을 잃고는 취해서 모스턴 대위의 부축을 받으며 돌아갔소. 그들은 아주 친한 친구 사이였지요. 소령은 이제 자기가 파산을 했다며 소리를 지르더군요. 그때 한 가지 생각이 떠올랐습니다.

　며칠 뒤, 나는 숄토 소령이 바닷가를 산책하는 것을 보고 그 뒤를 따라갔소.

　'숄토 소령님!'

　'무슨 일인가, 스몰?'

　'고민이 있어서 상의를 좀 드리고 싶습니다. 제가 50만 파운드어치의 보물이 숨겨진 장소를 압니다. 그런데 저는 그걸 찾아 쓸 수 없는 처지이지요. 혹시 그걸 정부에 넘기면 제가 감형을 좀 받을 수 있을까요?'

　'50만 파운드?'

　소령이 눈이 무섭게 반짝였습니다.

　'네, 그렇습니다. 보석과 진주지요. 한시라도 빨리 찾지 않으면 다른 사람이 가져갈지도 모릅니다. 찾는 사람이 임자니까요.'

　'정부에 넘긴다고?'

　숄토 소령의 목소리가 떨렸습니다. 나는 내 생각대로 일이 풀리고 있다는 것을 깨달았지요.

‘그러면 총독께 보고하면 되나요?’

내가 물었습니다.

‘스몰, 신중히 생각하게. 우선 보물에 대한 자세한 이야기를 해 보게. 그럼 내가 도와주지.’

나는 그에게 모든 사실을 털어놓았습니다. 그는 흥분했는지 몸을 떨더군요.

‘이 일을 다른 사람에게는 말하지 말게. 며칠 뒤에 나와 함께 다시 상의하세.’

이틀 뒤, 숄토 소령은 모스턴 대위와 함께 다시 찾아왔어요.

‘스몰, 모스턴 대위에게도 보물 이야기를 들려주게.’

나는 보물 이야기를 똑같이 해 주었습니다.

‘한번 해 볼 만해. 어떤가, 모스턴?’

소령이 묻자 모스턴 대위가 팔짱을 고쳐 꼈소.

‘스몰, 우리 둘이 보물에 대해 고민을 좀 해 봤는데 달리 생각하는 게 좋겠어. 그건 자네 거야. 그리고 자네에게만 권리가 있지. 음, 만약 우리가 도와준다면 어떻겠나? 혹시 우리가 해 줄 수 있는 게 있다면 돕고 싶군. 그러면 우리에게도……’

소령은 애써 침착하게 말하더군요.

‘그럼 저와 세 명의 친구를 풀어 주십시오. 그러면 두 분께 보물의

5의 1을 드리겠습니다.'

'두 명이서 10만 파운드라, 그건 너무 적은데?'

소령이 말끝을 흐렸습니다.

'적은가요? 아닐 겁니다. 배를 구해 저를 인도 해안 아무 데나 풀어 주시기만 하면 되는데요?'

내가 설득했지요.

'스몰, 그러지 말고 자네의 세 친구 대신 우리와 함께 셋으로 나누는 건 어떤가?'

소령이 제안했습니다.

'그건 절대 안 됩니다. 사정이 여의치 않다면 그만두겠습니다.'

내가 대답했지요.

'모스턴, 이 사람에게는 의리와 굳은 신뢰가 있군. 어디 한번 믿어 보기로 하지.'

'하지만 그건 규칙에 위배됩니다.'

모스턴 대위가 걱정했습니다.

'이봐, 이건 괜찮은 거래라니까. 스몰, 자네를 돕겠네. 우선 보물 상자가 있는 곳을 말해 보게. 그러면 우리가 인도로 가서 그 장소를 조사해 보겠네.'

'하지만 우선은 제 친구들의 의견을 묻겠습니다.'

'답답한 소리!'

'우리 넷은 배신하지 않기로 굳게 약속했습니다.'

결국 마호메트 싱과 압둘라 칸, 도스트 아크바르 그리고 나까지 네 명이 한자리에 모였지요. 그리고 우리는 장교들에게 아그라 요새의 보물 지도를 넘기기로 의견을 모았소. 숄토 소령은 인도에 가서 보물 상자의 위치를 확인한 뒤 배를 준비해 러틀랜드 섬에 숨겨 두기로 했지요. 우리가 탈출한 뒤 소령은 근무지로 돌아가고, 그다음은 모스턴 대위가 휴가를 받아 아그라로 오면 보물을 분배하기로 했어요. 우리는 도면 두 장에 우리 네 명의 이름을 적었소.

그런데 숄토 소령은 인도로 간 뒤 돌아오지 않았습니다. 얼마 뒤 모스턴 대위가 신문에 실린 승객 명단을 보여 주었는데 거기에 숄토의 이름이 적혀 있더군요. 그는 우리 모두를 배신했던 겁니다. 모스턴 대위가 아그라로 가 보았는데 보물은 이미 없었고요.

나는 그때부터 오직 복수를 위해 살아왔습니다. 아그라의 보물을 되찾는 것도 숄토 소령에게 복수하는 것보다 중요하지는 않았어요.

그러던 어느 날, 소머튼이 안다만 병에 걸려 추방당한 원주민을 데려왔어요. 그는 두 달 동안 끙끙 앓았지만 소머튼의 치료를 받고 죽다 살아났습니다. 그 녀석은 숲으로 돌아가지 않고 막사에서 살게 되었습니다. 통가라는 녀석으로 큰 카누도 가지고 있었죠. 나는 기

회가 왔다고 생각했어요. 그리고 통가와 밀담을 나눴지요. 통가는 카누에 물과 마, 야자, 고구마를 가득 담아 낡은 선착장에서 기다리겠다고 했어요.

약속한 날 밤, 나는 통가와 만났습니다. 그때 간수 한 명이 지나갔어요. 평소에도 나를 못살게 굴던 아주 못된 녀석이었지요. 언젠가 저 녀석을 해치우리라 생각하고 있었는데 마침 이때다 싶었소. 나는 의족으로 놈의 머리통을 내리쳤습니다. 그는 카빈 총을 갖고 있었지만 그 자리에서 쓰러졌지요.

통가와 나는 배에 올라탔고 열하루 만에 싱가포르에서 지다로 가던 배에 구조되었습니다. 그 후로 통가와 내가 어떤 모험을 겪었는지 이야기하려면 밤을 새도 모자랄 거요. 우린 세계 곳곳을 누볐소. 그러나 내 마음속은 숄토 소령에게 복수를 하겠다는 의지 하나로 가득 차 있었죠. 우리는 삼 년 전에 런던에 들어왔습니다.

숄토 소령의 집을 찾는 건 아주 쉬웠지요. 그리고 그가 보석을 어떻게 처리했는지 조사했소. 나를 도와준 친구가 있었는데 그의 이름은 밝히지 않겠습니다. 아무튼 그가 아직 보석을 보관하고 있다는 걸 알아냈지요. 그를 죽이려 했지만 놈은 늘 경호를 철저히 하고 있더군요.

그러던 어느 날 그가 위독하다는 걸 알게 되었소. 눈앞에서 그를 놓치다니 나는 그저 미쳐 버릴 것만 같았죠. 그의 방 창문가로 다가가자 마침 그가 침상에 누워 두 아들에게 마지막 유언을 하고 있더군요. 복수를 하기도 전에 죽다니. 정말 기가 막혔소. 그날 밤 나는 보물을 찾기 위해 그의 방으로 숨어들었지만 아무것도 찾을 수 없었습니다. 대신 시크교도 친구들의 명예를 위해 '네 사람의 서명'이라고 써 놓고 나왔죠.

나는 축제나 장터에서 통가를 식인종으로 내세워 푼돈을 벌며 생활하고 있었소. 통가는 군중들 앞에서 날고기를 먹으며 춤을 췄지요. 그러던 중에 보물을 찾았다는 반가운 소식이 들려왔습니다. 비밀의 장소는 맨 꼭대기 층 맏아들 바솔로뮤 숄토의 실험실 위 다락방이었지요. 의족을 단 몸으로 거기까지 침입하기는 힘들었소. 나는 들창이 있다는 것과 바솔로뮤의 저녁 식사 시간을 알아내는 데 성공했어요. 그리고 통가의 도움을 받기로 결심했습니다.

그날 나는 통가의 허리에 밧줄을 감고 바솔로뮤의 저택으로 갔소. 통가가 먼저 들창으로 들어갔는데 뜻밖에 바솔로뮤가 방에 남아 있던 바람에 그가 희생을 당했던 거지요. 내가 밧줄을 타고 들어갔을 때 통가는 마치 칭찬이라도 해 달라는 듯 의기양양해져 있더군요. 나는 화가 나서 통가를 밧줄로 흠씬 두들겨 팬 뒤, 보석 상자를 갖고 빠져나왔습니다. 그리고 '네 개의 서명'이라는 쪽지를 남겼고요. 이로써 우리가 보석을 가져갔다는 선언을 한 것이오.

그게 끝이오. 스미스의 오로라 호를 고른 건 그 배가 빠르다는 정보를 듣고서요. 스미스는 두둑한 웃돈을 바라고 있었을 뿐 아무것도 몰랐소. 이 모든 말은 전부 사실이오. 이 상황에서 내가 거짓말을 해 봤자 무슨 소용이겠소. 단지 나는 숄토 소령의 죄를 밝히고 그 아들의 죽음에 내가 관여하지 않았다는 것을 밝히고 싶을 뿐입니다.”

“잘 들었습니다.”

홈즈가 말했습니다.

“흥미로운 사건과 그에 잘 어울리는 결말이로군요. 밧줄을 직접 가져왔다는 걸 제외하면 내게 새로운 사실은 없습니다. 그런데 통가가 독침을 전부 잃어버렸다고 했는데 배에서 우리에게 쏜 건 어떻게 설명할 수 있지요?”

“대롱 속에 우연히 하나가 남아 있었을 뿐이오.”

“그랬었군.”

홈즈가 고개를 끄덕였습니다.

“홈즈 씨!”

존스가 말했습니다.

“이야기는 이 정도로 하고 끝내지요. 이 사건은 전적으로 선생께서 풀었지만요. 저로서도 홈즈 씨와 왓슨 선생님의 편의를 충분히

봐 드렸습니다. 이제 저 사람은 경찰서로 데려가겠습니다. 두 분 모두 법정에 출두해 주십시오. 그럼 이만 가겠습니다. 스몰, 앞장 서! 네가 안다만 간수를 어떻게 처리했는지 잘 알았으니 나도 몸을 사려야겠어."

존스가 말했습니다.

"이렇게 해서 모든 게 끝났군."

"그런데 말이야. 이제는 자네 수사를 돕기 힘들겠어. 모스턴 양에게 청혼했거든."

내가 말했습니다.

"예상은 했지만 어쩌지? 자네의 결혼을 축하해 줄 수 없네."

홈즈의 말에 나는 당황했습니다.

"뭐가 불만스러운가?"

"그건 아닐세. 모스턴 양은 아주 매력적이야. 게다가 우리 같은 사람들을 이해해 주는 여성이지. 그녀도 재능이 있어. 아버지의 유품 중 아그라 도면을 잘 챙긴 것만 봐도 알 수 있다네. 하지만 연애는 감정이지. 감정적인 요소는 내 이성과 반대가 되는 요소들이야. 난 결혼 같은 건 하지 않을 거야."

"그럼 나도 그 판단력을 잃지 않기 위해 노력해 보겠네."

내가 웃으며 대답했습니다.

"이제 좀 쉬고 싶군. 열심히 뛰었으니 아마 일주일 이상은 또 우울증에 시달릴 거야."

"참 신기하군. 자네의 열정과 우울은 꼬리에 꼬리를 물고 반복되니 말이야."

"나는 열정적이지만 때로 게으름뱅이 환자지. 괴테의 말을 기억하나? '안타깝도다. 자연은 위인이 될지도 또 악인이 될지도 모르는 그대를 창조했다.' 그런데 노우드 사건 말이야. 스파이는 아마 랄 라오일 거야. 애설니 존스의 공이 아주 없는 건 아니군."

"그건 말도 안 되는 소리야. 사실은 자네의 공인데 말이지. 참 난처하군. 나는 아내를 얻었는데 존스는 반쪽짜리 명예를 얻었군. 그렇다면 자네가 얻은 건?"

"내가 얻은 건 저기 저 코카인뿐이군!"

홈즈는 테이블 위로 길고 흰 손가락을 뻗었습니다.

(3권에 계속)

어린이를 위한 추리 명작 셜록 홈즈 시리즈 ❷

셜록 홈즈 — 네 개의 서명

초판 1쇄 펴낸 날 2014년 7월 25일

지은이　아서 코난 도일
그린이　길문섭 만화 도움 육광연
펴낸이　장영재
책임편집　이송이, 유석천
편　집　전형수, 이나영
디자인　송희원
마케팅　한승훈, 장준규
경영지원　마명진
물류지원　신석재, 김태헌

펴낸곳　(주)미르북컴퍼니
전　화　02)3141-4421
팩　스　02)3141-4428
등　록　2012년 3월 16일(제313-2012-81호)
주　소　서울시 마포구 성미산로 32길 12 2층(우 121-865)
E-mail　sanhonjinju@naver.com
카　페　cafe.naver.com/mirbookcompany

• (주)미르북컴퍼니는 독자 여러분의 의견에
　항상 귀 기울이고 있습니다.

• 파본은 책을 구입하신 서점에서 교환해 드립니다.
• 책값은 뒤표지에 있습니다.

SHERLOCK HOLMES

SHERLOCK HOLMES